CELLE QUI
SE TAISAIT

Titre original : *Pedra de Tartera*
Édition révisée en 2015
Droits de traduction représentés par Sandra Bruna
Agencia Literaria, SL

Traduit du catalan par Marie Vila Casas

Cofinancé par l'Union européenne

Financé par l'Union européenne. Les vues et opinions exprimées dans cet ouvrage sont celles de l'autrice et ne reflètent pas nécessairement celles de l'Union européenne ou de Creative Europe. Ni l'Union européenne ni Creative Europe ne peuvent en être tenus pour responsables.

10, place des Cinq-Martyrs-du-Lycée-Buffon
75015 Paris – France
www.editionscharleston.fr

ISBN : 978-2-36812-961-6

Maquette : Patrick Leleux PAO

Maria Barbal

CELLE QUI SE TAISAIT

Roman

Traduit du catalan
par Marie Vila Casas

Les ailleurs

À mes parents

PREMIÈRE PARTIE

On était nombreux à la maison, ça se voyait. Il devait y avoir quelqu'un de trop. J'étais la cinquième des six enfants, et comme disait la mère, j'étais arrivée parce que Dieu l'avait voulu et il fallait accepter ce qu'Il envoyait. Notre Maria à nous, l'aînée, s'occupait davantage de la maison que la mère, Josep était le premier fils, l'héritier, et Joan était au séminaire. J'avais entendu dire, et pas qu'une fois, que nous, les trois petits, on donnait plus de fil à retordre qu'on ne rapportait. L'époque n'était pas à l'abondance, et avec toutes ces bouches à nourrir et si peu de biens, ça se ressentait obligatoirement. Comme j'étais d'un caractère doux et raisonnable, ils avaient décidé que je partirais aider la tante, la sœur de ma mère, qui avait perdu l'espoir d'avoir des enfants – mais du travail, ça, elle en avait. Elle s'était mariée avec un homme beaucoup plus âgé qu'elle qui possédait des terres, une demi-douzaine de vaches au moins, de la poulaille et des lapins, et aussi un potager. Ils vivaient bien, mais ils manquaient de bras et de compagnie parce qu'ils commençaient à se sentir vieux. Alors à treize ans, mon baluchon sous le bras, j'avais quitté la famille, la maison, le village et la montagne, accompagnée par le père et Maria. Il n'y a pas loin de l'Ermita à Pallarès, mais ça voulait dire marcher une journée et perdre ma maison à laquelle je tournais le dos, ce qui me faisait le plus mal à ce moment-là, en descendant. Je laissai tout derrière moi, le seul monde que je connaissais.

Durant ces heures de marche silencieuse pour arriver au marché de Montsent où le père et Maria me laisseraient à l'oncle et à la tante et en profiteraient pour faire des achats, je ne repensais qu'aux bons moments vécus au village où j'étais née et dont je n'étais sortie que pour mener les bêtes dans la montagne ou pour m'échapper à la *festa major* du bourg voisin, avec ses quatre maisons. Beaucoup de bouches à nourrir et peu de pain.

Je me rappelle les trois hivers d'école ; j'avais été une des rares fillettes qui avait pu apprendre parce qu'il y avait déjà des plus grandes, bonnes à travailler, à la maison. La chance d'être petite ! La maîtresse nous faisait faire une calligraphie toute ronde avec la fin de chaque lettre vers le haut et la boucle à gauche du *r* qui me faisait penser à un tire-bouchon. À l'école, on n'avait jamais froid parce que Madame Paquita ne se laissait pas impressionner par la lésinerie des familles, elle voulait un bon tas de bûches chaque semaine dans la classe. Elle disait qu'il fallait un peu de chaleur pour faire rentrer les lettres, et que s'ils voulaient qu'on apprenne, ils devaient y « *mettre un peu de bonne volonté** ». Moi, le peu que je sais, et que j'ai presque entièrement oublié, je l'ai appris en castillan. Les premiers jours, je

* Les termes et phrases en italiques suivis d'un astérisque sont en castillan dans le texte original en catalan.

n'en revenais pas. Cette dame, la maîtresse, va savoir d'où elle sortait, parlait une langue incompréhensible pour nous. On avait bien fini par la comprendre, et elle aussi nous comprenait quand on bavardait entre nous mais, je ne sais pas pourquoi, elle ne le laissait pas voir, comme si elle en avait honte ou que ça la gênait un peu. Je me souviens de ces hivers d'école comme si c'était hier. Avec Magdalena, on était inséparables, et quand on devait lire, je me mettais à rire et Magdalena s'arrêtait. Madame Paquita ajustait ses lunettes et elle restait sérieuse comme un sergent. Moi, à force de me retenir de rire, j'en avais mal au ventre, et quand Magdalena reprenait, je sentais des gouttes de pipi qui s'échappaient dans ma culotte.

J'aimais aller à l'école. C'était différent de la vie de tous les jours, j'avais l'impression que ce n'était pas si mal d'être petite. À la maison, on aurait dit qu'on dérangeait, nous, la marmaille. Si on jouait dans la grange, on mettait tout sens dessus dessous ; si on s'approchait du feu et qu'on attisait la braise sous les casseroles avec la pince à feu, les parents criaient en évoquant je ne sais quel malheur ;

et si on ramassait une pierre ou un morceau de bois pour jouer, ils pensaient que c'était pour s'en prendre à quelqu'un. Il n'y avait que quand on aidait à traire, à éplucher les pommes de terre, à équeuter des haricots verts ou à porter du bois, qu'on était à l'abri. Ça, c'était être grand, mais quand on avait terminé, on n'avait pas droit au *porró* ni au lard rôti, car on était trop petits.

De la fenêtre de la cuisine, le toit de chez les Saral ressemblait à un clocher et ses ardoises brillaient comme des petits miroirs. La pluie s'était arrêtée, et tandis que la mère mettait de la cendre sur un drap épais pour faire la lessive, dehors, des gouttes se décrochaient et dégringolaient sur la vitre. Je regardais les rigoles qu'elles faisaient et j'entendais la mère qui reprenait la même histoire mais d'une autre manière. La tante aurait voulu avoir une fille comme toi, mais Dieu ne la lui avait pas accordée. Toi, tu lui ressembles plus que Maria ou Nuri. Avec tes cheveux roux surtout. La tante était la plus belle de nous quatre, qu'est-ce que tu crois, c'est pour ça qu'elle a trouvé un si bon parti. On avait les mêmes yeux elle et moi, ceux de ta grand-mère, – qu'elle repose en paix –, et ceux de la tante Encarnació lui ressemblaient beaucoup, aussi.

Ce n'était pas seulement ça, et la mère arrangeait les bûches pour allumer le feu. C'était que la tante avait besoin de quelqu'un, et qui de mieux qu'un membre de la famille pour profiter d'autant de biens...

Aucun mot ne sortait de ma bouche, pourtant j'en avais à dire. Mais quand la mère se taisait, j'avais un nœud dans la gorge, comme un lacet qu'on aurait tiré de chaque côté, et ça commençait à me faire mal jusqu'au premier sanglot qui remontait de ma poitrine et desserrait le nœud, et avec une grande colère je laissais échapper un flot de larmes ; pleurer était la dernière chose que je voulais à ce moment-là. Il était inutile d'en parler davantage. Je savais que quand la mère passait la matinée à la maison à travailler tranquillement en bavardant avec moi, sans se presser, sans me couper la parole à chaque instant avec des « fais ci », « il faudra préparer ça »,

« tu as déjà arrangé ça en bas ? », cela signifiait que l'occasion était solennelle. Et chez nous, les solennités étaient rares. Elle sortait son mouchoir et elle se répandait en explications qui finissaient dans les larmes, et entre les miennes d'abord, et les siennes ensuite, le morceau de coton blanc se transformait en tapon de plus en plus bleuâtre. Puis c'était le silence. Les yeux baissés, devant le feu qui commençait à chauffer, j'étais prise d'un mal de tête et d'une envie de dormir à laquelle j'avais du mal à résister.

Quand j'avais entendu que la mère se remettait à bavarder, elle devait déjà le faire depuis un petit moment ; j'avais remarqué que, si je l'écoutais, ma gorge se nouait de nouveau, aussi, avant que les fils se tendent, j'avais dit avec un filet de voix que j'irais vivre avec la tante Encarnació, et demandé quand est-ce qu'ils viendraient me chercher. Ils iront au marché lundi, le père et Maria t'accompagneront.

MA MÈRE était une femme qui ne connaissait que deux choses, le travail et l'épargne. Maria racontait que quand notre petit Pere était venu au monde, la mère avait failli mourir, c'était un lundi, et le vendredi, moins d'une semaine après, il n'y avait plus eu moyen de la garder au lit. Durant mes treize années à la maison, je n'avais pas le souvenir de l'avoir vue un instant sans bouger, sauf quand je la regardais sur le banc de devant à la messe du dimanche.

Quand on se levait, elle travaillait depuis un moment ou alors elle était déjà partie aux champs avec le père et Josep. Quand on montait dormir, elle en profitait encore pour préparer le repas du lendemain ou pour ranger. Parfois, habituée à être la dernière debout, elle disait en plus le rosaire. Je suis sûre et certaine que, malgré sa dévotion, elle n'arrivait pas à la moitié du premier mystère, attrapée par le sommeil comme un oiseau pris au piège.

Elle nous aimait, bien sûr, mais elle le montrait à peine. Elle n'avait pas de temps pour ces choses-là, comme elle disait ; d'autres tâches, nombreuses et primordiales, l'attendaient. Elle ne connaissait pas le repos, convaincue qu'il n'était pas fait pour elle, et quand elle y avait eu droit, dans sa vieillesse, il lui avait filé entre les doigts, jour après jour. Je crois qu'elle préférait mourir que de se reposer de son vivant.

C'est qu'il y en avait, du travail, avec les bêtes, la terre et sept ou huit personnes à table au bas mot. On aidait tous, mais c'était elle qui en mettait un gros coup pour qu'on s'en sorte. La femme fait la maison, disait-elle.

Le père était plus expansif, et s'il lui arrivait d'avoir des mots durs qui, quand on y réfléchissait plus tard, seul, faisaient un peu mal, à côté de ça, il nous cajolait souvent et il nous prenait sur ses genoux pour nous raconter des histoires, surtout l'hiver, quand le feu nous réunissait après la soupe et le morceau de lard quand il y en avait. Je me rappelle comme on riait de l'aventure du vieux de Montenar, qui un soir avait emporté un caleçon d'une maison. Étendu près du feu sur le banc où le vieux s'était assis pour se réchauffer, le caleçon était resté collé à ses vêtements quand il s'était levé. En rentrant chez lui dans la nuit glaciale, le vieux avait découvert, au milieu du chemin, le caleçon qui ballottait, collé à sa veste. Il s'était arrêté net, pris d'un doute, hésitant entre passer pour un voleur ou finir frigorifié comme un oiseau s'il revenait sur ses pas.

Mais, dans une ferme, les hommes n'ont généralement pas la plus mauvaise part, et pendant que le père nous enchantait avec ses histoires, la mère reprisait à la lueur de la flamme un lot de chaussettes cent fois trouées au même endroit.

Fière et solide, la tante était tout aussi économe et travailleuse que ma mère, mais en plus, elle avait de la poigne et elle commandait en unique maîtresse chez elle.

QUAND JE M'ÉTAIS VUE derrière la mule, marchant vite parce que l'animal, à sentir une présence étrangère, détalait presque, j'aurais voulu faire demi-tour et filer à toutes jambes à la maison. Mais je laissais juste mes yeux se mouiller de larmes, et quand je sentais qu'elles allaient couler, je respirais fort et je les ravalais. Le dos très droit de l'oncle sur la bête m'en imposait et je ne voulais même pas laisser échapper un soupir. Je me répétais que c'étaient eux qui me faisaient une faveur, et que moi, j'en faisais une à ma famille. Une part en moins à chaque repas et... L'oncle avait pris mon baluchon et le tenait devant lui, sur le cou de l'animal. Il avait l'air soucieux et il n'avait pratiquement pas desserré les dents, alors je n'osais pas lui dire que les espadrilles m'écorchaient les pieds. C'étaient les neuves de Maria, elle me les avait données en cadeau avant que je quitte la maison, mais elle chaussait une pointure de plus que moi. Le frottement sur la peau me provoquait une sorte de démangeaison très douloureuse. J'avais envie d'arriver le plus tôt possible à Pallarès pour que ce calvaire s'arrête. La queue de la mule balançait à un rythme régulier. Quand les mouches se posaient dessus, elle la lançait en l'air, puis elle la laissait retomber immédiatement en la faisant tournoyer, et ainsi de suite. Alors que je ne m'y attendais plus, comme on dit, j'avais entendu l'oncle qui annonçait : on est arrivés. Pour la première fois de toute cette journée, j'avais ressenti une grande joie et compris, pauvre imbécile, que j'avais le cœur lourd comme si on m'emmenait pour me vendre, comme une des vaches. Et ce n'était pas ça. J'étais pressée d'embrasser la tante qui n'était pas venue à Montsent, au marché. C'était elle, la sœur de ma mère ; moi, avec l'oncle, je n'avais pas de lien.

Je ne sais pas pourquoi, j'avais imaginé qu'ils vivaient en dehors du village. Je m'étais trompée, je l'avais vu quand l'oncle avait pris la rue entre les maisons, jusqu'à la place. Je rougissais parce que les gens saluaient l'oncle et m'observaient. Quand nous étions arrivés devant ma nouvelle maison et qu'il était descendu de la mule, des femmes qui bavardaient en cercle, avec plein de gamins criards autour, avaient tout arrêté pour s'approcher, me dévisager et poser des questions.

Ramon, tu t'es trouvé une petite bien *mignonne* au marché. On n'aurait jamais cru que tu savais aussi bien choisir... C'est la nièce de l'Ermita, elle va passer l'hiver avec nous.

Je ne savais pas où regarder, ils avaient tous les yeux fixés sur moi, et immobile, j'avais senti mes jambes mollir et la sueur qui me brûlait les cuisses, la tête farcie d'avoir tant réfléchi et retourné la même chose dans tous les sens. La tante m'avait tirée de cette situation en surgissant dans le cercle pour me serrer fort dans ses bras. À ce moment-là, j'avais bien cru tomber dans les pommes, parce qu'en un instant inespéré, cette tendresse avait détruit tout le mur de raisonnements que je m'étais construit contre la tristesse. Elle m'avait attrapée par la taille et presque soulevée de terre, évitant les gens et me portant en haut des marches.

Elle n'avait pas prononcé un mot jusqu'à ce qu'on soit dans la cuisine. On avait traversé un grand couloir sombre et, assise sur le banc, j'avais dû écouter cette question. Pourquoi pleures-tu ?

LA MAISON où l'oncle et la tante vivaient était très grande. Presque autant que celle des parents à l'Ermita. Des années plus tôt, elle avait dû être pleine de gens et d'agitation parce qu'il y avait un rez-de-chaussée, deux étages et aussi des combles, sous le toit.

L'étable et l'aire de battage occupaient tout l'espace autour jusqu'à la place, où on pouvait sortir par un haut portail. Un escalier montait depuis le porche au premier étage, à une petite entrée d'où partait un autre escalier et, sur la droite, un couloir irrégulier. Il donnait d'un côté sur une chambre fermée, et de l'autre sur une grande salle où la première chose qui attirait l'attention était le foyer au sol et la cheminée noircie. Il y avait aussi un petit évier et une longue table avec un banc de chaque côté. De cette salle, on pouvait descendre au cellier qui occupait une toute petite partie de l'étable des vaches. La pièce fermée était la salle à manger des jours de fête.

Derrière la pièce qui servait de cuisine et de salle à manger se trouvait la grange, avec des trappes au sol par où on descendait directement le foin dans les mangeoires des bêtes. Il fallait savoir où elles étaient parce qu'autrement on se faisait une frayeur quand la jambe s'y enfonçait presqu'à toucher la tête d'une vache. À côté du tas de foin, il y avait une cage qui ressemblait à une vraie maisonnette. C'était la maison des lapins. Là, une demi-douzaine de lapereaux et la mère lapin remuaient en toute liberté. Quand je leur apportais à manger, je n'avais qu'à baisser la tête pour rentrer tout entière à l'intérieur.

Au deuxième étage, il y avait quatre chambres, chacune avec un lit en fer, la bassine près du broc à eau pour se laver, et dans les deux plus grandes, en plus de la fenêtre, une petite armoire creusée à même le mur, avec des étagères. Un escalier menait aux combles. À cet endroit, une chose m'étonnait toujours. On était tout en haut de la maison et on avait pourtant l'impression que la rivière était là, toute proche. Quand on se penchait à la fenêtre, petite et assez haute, on entendait le bruissement de l'eau juste en dessous, alors qu'en réalité il y avait un à-pic terrible.

Dès le premier jour, j'avais aimé les combles de la maison. Des tamis, des paniers, quelques outils étaient entassés dans un coin, et un après-midi j'avais découvert une malle qui renfermait des habits de quand la tante était jeune, ou peut-être plus anciens même, de la famille de l'oncle. Ils étaient vieux et chiffonnés, mais quand on m'envoyait chercher quelque chose au grenier, je ne pouvais pas m'empêcher d'ouvrir la malle et de passer sur mon tablier une de ces robes qui me faisaient rêver d'une autre époque. J'avais été tentée, certains jours, d'en parler à la tante pour pouvoir en arranger une, mais je n'avais pas osé parce que ça aurait signifié que j'avais fourré mon nez dans quelque chose qui ne me regardait pas, et j'en rougissais rien que d'y penser.

Le pré des Tres Aigües était mon préféré. Le petit torrent d'Arlet le baignait d'un côté, avant de se jeter dans la rivière, l'Orri le bordait en bas, et en haut, la rigole de la source de la Torna s'y écoulait. L'herbe y était haute et bonne, c'était le seul terrain où on pouvait faire trois fenaisons. La première herbe et deux regains. Le pré n'était pas très grand et, quand on y travaillait, on se voyait tous les uns les autres. Pour moi, c'était un de ses charmes, parce que dans les deux de Costa Varada, tout d'un coup, on ne voyait plus personne. Même si je savais que les autres étaient derrière la butte ou la haie de noisetiers, la sensation de me retrouver toute seule me prenait et je me rappelais les histoires de vipères et d'autres serpents de toute sorte que j'avais écoutées cent fois, transie de peur. Alors, l'effroi me coupait les jambes… l'idée que dans l'herbe que je retournais… Si la pensée que l'oncle se moquerait de moi ne m'avait pas arrêtée, je serais allée chercher l'outre de vin pour boire une petite gorgée. Je continuais à ratisser, guettant le moindre mouvement, jusqu'au moment où, relevant la tête, j'apercevais le foulard sombre de la tante ; je récupérais alors toute ma tranquillité.

Nous avions passé l'après-midi à faner l'herbe des Tres Aigües. La nuit commençait à tomber. Les noisetiers de la haie bruissaient, agités par le vent. J'avais entendu le sifflement de l'oncle et ramassé le râteau et la fourche. Le mouchoir de tête me chauffait le crâne et je sentais la sueur qui me brûlait à la racine des cheveux, sur le front. Quand je l'avais enlevé, j'avais entendu un tas de bruits ; en premier, le bourdonnement des moustiques. J'étais remontée en courant, et avant de grimper sur la charrette, pendant qu'on attendait la tante qui s'occupait de la clôture, j'avais contemplé la terre divisée en petits morceaux inégaux. Je m'étais dit que le plus riche de ce pays était tout de même bien pauvre. Ces terrains donnaient quatre chargements d'herbe, en comptant large. J'avais passé la main sur le museau de la mule qui paraissait me surveiller d'un œil paisible.

On voyait le clocher qui s'élevait au-dessus des maisons de Pallarès, l'air de tendre le cou, et quand on descendait vers chez nous, les pierres faisaient tressauter les roues et donnaient l'impression qu'on allait verser.

La tante et moi étions assises tout au bout, à l'arrière. Je sentais l'herbe odorante, moelleuse et accueillante. Et là, la tante m'avait dit que j'avais été choisie pour passer le plateau à l'église le jour de la *festa major*. Tu iras, on t'arrangera une robe, avait-elle ajouté avant que je dise un seul mot. Dans les tressautements de la charrette, j'avais senti mon corps trembler. C'était de joie.

Les yeux fermés, les premiers jours de ma nouvelle vie me paraissaient loin, les nuits où je m'endormais en pleurant au souvenir de chez moi, de tous les miens. Les réveils en sursaut, fréquents, et la frayeur qui ne me quittait pas de la journée. Je m'étais rapidement faite à un changement aussi grand. Mais si je calculais, j'avais déjà passé là près de la moitié de l'année. Et j'avais parfois l'impression, pas complètement mais presque, d'être née dans cette maison.

La tante, on en venait à l'aimer quand on la connaissait, parce que du moment qu'on suivait ses ordres au pied de la lettre, elle donnait sans compter. Commander et agir, c'était sa façon d'être, et elle n'acceptait pas qu'on la contredise. Comme ma mère, elle n'était pas d'une nature aimable, mais elle démontrait de l'affection à sa manière. C'était le verre de lait tout juste sorti du pis de la vache posé devant mon assiette, sans un mot, par exemple. Je savais trop bien qu'ils le gardaient pour alimenter les veaux, et que lorsqu'il y en avait beaucoup, ils en mettaient quelques litres de côté qu'ils portaient chez August pour gagner quelques sous.

L'oncle parlait très peu, comme ce premier jour juché sur la mule, mais il ne faisait pas pour autant la mauvaise tête. Je me démenais pour aider. Je travaillais toujours plus. J'avais appris à effectuer toutes les tâches de la maison, et aussi celles des champs. Telles qu'on me les avait apprises, sans aucun geste venu de moi qui aurait pu être interprété comme un manque de respect.

ILS AIMAIENT TOUT, le *bull* et le boudin noir, le filet de porc et même le lard, ils le trouvaient bon. Il est plus savoureux que celui d'en bas, disaient-ils.

Leur façon de remplir leurs assiettes et d'utiliser un couteau, pour presque tout, faisait plaisir à voir. Le cousin de la tante coupait même le petit filet de gras du jambon cru et il le laissait sur le bord de son assiette. L'oncle disait : ils sont drôlement portés sur la bouche. Quand je rapportais les assiettes à la cuisine, je soulevais le gras de jambon à deux doigts et je le mangeais, j'avais toujours aimé ce goût fort, plus que le maigre, et en plus on m'avait appris à ne rien jeter.

Ceux de la ville ne sont pas faits pareil, ils font un peu de chichis à propos de la nourriture et ils ont tout de suite l'impression d'être des grands seigneurs. Il suffit qu'ils travaillent derrière un bureau, et ils ont la tête qui enfle. C'est ce que disaient l'oncle et la tante, et moi, recta, j'y croyais dur comme fer. Pourtant j'aimais bien que les cousins de Barcelone montent leur rendre visite chaque année, parce que c'était joyeux de les voir remplir la maison, ils embrassaient l'oncle et la tante en essuyant une larme et ils répétaient : cette fille devient de plus en plus belle ; quels jolis cheveux bouclés ! À Pallarès, on ne dit pas ces mots-là, « fille », « belle » ; mais je les comprenais sans les utiliser et ils me plaisaient, et je pensais que la langue est comme un outil que chacun prend à sa manière, même s'il sert toujours à la même chose.

Ils nous donnaient du travail, ça oui. La tante soufflait souvent parce qu'elle voulait à la fois que tout soit bien et s'occuper des bêtes et des champs et de la cuisine, et il n'y avait pas assez de bras pour tout. C'est à l'occasion de ces visites que j'avais commencé à cuisiner, et la tante était moins fatiguée. Au début, elle me mâchait le travail, elle ne me faisait pas du tout confiance, mais petit à petit elle avait constaté que j'y mettais du bon sens et de la patience, et elle m'avait laissé préparer les salades composées toute seule, et après les omelettes et les légumes, et plus tard les ragoûts, et enfin la soupe. Un plat sacré pour l'oncle et la tante. Celui qui demandait le plus de soins. À la maison, il y avait de la soupe tous les jours, elle ne pouvait pas manquer, comme le pain.

Quand les cousins de Barcelone venaient, on dépensait beaucoup plus, mais eux, ils apportaient du café, une boîte de biscuits, et une tablette de chocolat qui nous faisait plus plaisir que n'importe quoi d'autre. Je me souviens d'une année où ils étaient arrivés avec une coupe à fruits en porcelaine qui devait valoir un bon prix. C'était un très joli petit panier avec une anse tressée et des bords qui faisaient des vagues pour mieux tenir les fruits. À l'extérieur, des formes rondes imitaient les cerises, avec une queue et deux feuilles chacune. Ce cadeau avait toujours fait râler la tante. Au moindre coup, il se casserait et on pourrait faire une croix dessus ; les fruits, ça se conserve à plat dans un endroit frais, et pas entassés pour faire joli. Et patati et patata. Moi, je voyais bien que ce cadeau de la famille partait d'une bonne intention, et que c'était ça l'important. Il faut dire que je perdais la tête pour les jolies choses, mais je me taisais pour ne pas mettre l'oncle et la tante en colère, surtout la tante, qui avait un esprit tellement pratique. Mieux vaut un morceau de pain dur, disait-elle, que n'importe quelle décoration pour faire joli.

Je sais maintenant que les jours heureux de ma vie avaient commencé là ; même si, en y regardant bien, le mal était à l'affût, rôdant autour de nos rires.

On faisait peu de fêtes dans ces années-là. Il y avait tellement de travail ! La seule différence, les dimanches, c'était qu'on partait travailler aux champs plus tard. Avant, on allait à la messe de six heures. Les femmes. L'oncle et la plupart des hommes du village n'entraient pas dans l'église. Sauf le vieux de chez August et celui de chez Sebastià. De notre banc, dans les dernières rangées du côté droit, je voyais presque tout le monde, muets, un peu recroquevillés à cause de la fraîcheur, les femmes comme des arbrisseaux recouverts d'épais voiles noirs. À la sortie, on se souhaitait à peine une bonne journée et on filait à la maison prendre les outils ou allumer le feu, selon la saison et le monde qu'il y avait là.

La grande fête était celle de l'été, la fête votive, la *festa major* ! Elle tombait toujours un dimanche, pour ne pas perdre de temps, et elle marquait la fin des grands travaux des champs. On avait moissonné et battu, et, sauf intempéries, on finissait de ramasser les foins. Il ne restait ensuite que le regain.

La place, décorée de petits papiers de couleurs, devait être arrosée et balayée très souvent parce que les vaches la salissaient quand elles partaient paître comme d'habitude avant la grand-messe solennelle célébrée à dix heures ce jour-là, et il fallait recommencer à l'heure de la procession, et encore une fois avant le bal.

Il avait fallu plusieurs années avant que les jeunes me considèrent vraiment du village, et pas seulement de passage. C'était pour cela que, jusqu'à mes seize ans, je n'avais jamais été appelée pour porter le plateau de basilic à la sortie de la messe. Cela signifiait faire partie de la bande des jeunes et prendre part à tous les préparatifs et soucis de la fête : de la recherche des musiciens à la découpe de la coca, la galette qui était disposée sur un autre plateau et distribuée en même temps que les brins de basilic.

Je ne sais pas si j'étais timide par nature ou à cause de mon âge, ou parce que je n'étais pas la fille de la maison où j'habitais. Comme si ce lieu ne m'appartenait pas et que je n'osais y aller que sur la pointe des pieds.

Je crois qu'il y avait eu deux raisons à mon entrée dans la bande de jeunes, garçons et filles : ma tante en avait touché un mot à monsieur le recteur, et on racontait, j'ai un peu honte de le dire, que j'étais dégourdie comme peu de filles de la contrée. La découverte de ce qui se disait de moi m'avait fait rougir jusqu'à la racine des cheveux, toute seule, et le lendemain, en sortant de la maison, j'avais eu l'impression que tout le monde me regardait différemment et qu'on m'épiait derrière les volets. Je me sentais plus déloyale que jamais, comme si j'avais commis une grande faute que personne ne me pardonnerait. Aujourd'hui, avec le recul, j'estime que ce soupçon n'était pas faux, même si j'allais bientôt dépasser mes peurs et ma timidité, parce que ma vie était de nouveau sur le point de changer grandement. Cet hiver-là, j'avais fait la connaissance de Jaume.

LE TEMPS PASSAIT, et personne ne parlait de chez moi. Des miens. Pendant ces cinq années, j'avais vu une seule fois la mère et Maria, quand elles étaient venues à la *festa major,* dans ma première année à Pallarès. Une autre fois, on s'était rencontrés avec le père et Josep à la foire de Montsent. Là, j'avais appris que mon frère Joan avait quitté le séminaire bien avant de célébrer sa première messe. Il y avait beaucoup à faire et on avait besoin de tous les bras.

L'oncle et la tante ne parlaient pas de mon retour et je n'aurais pas osé prononcer ce mot. Est-ce que j'étais bien chez eux ? Je ne le savais même pas. J'avais vécu dans la crainte qu'ils puissent me reprocher je ne sais quoi. Peut-être la pauvreté des miens ? Mais je m'étais habituée à leur façon d'être. L'idée de quitter Pallarès pour revenir à l'Ermita s'éloignait de plus en plus de moi, je ne peux pas le nier.

Ils devaient tous penser la même chose. Pourquoi ne pas commencer à me considérer comme une héritière intéressante puisque les terres, la maison, le potager et les quelques bêtes pouvaient me revenir, avec le temps ?

Martí, le cadet de chez Sebastià, la deuxième plus riche maison du village, s'était mis à me tourner autour. Moi, je ne savais rien de la vie, mais la tante ne voyait pas la chose d'un mauvais œil. Arrange mieux ton tablier, petite, les garçons le regardent ! J'étais décontenancée et je ne bronchais pas, et Martí n'était pas très porté sur la conversation. Il me regardait, c'était tout, et il me suivait plus qu'il m'accompagnait, ses yeux immenses paraissant avoir plein de choses à exprimer. J'avais entendu raconter de sa famille qu'ils étaient de vraies bêtes, du genre à crier fort et à en venir aux mains s'il le fallait. Disons que j'étais plus inquiète que joyeuse. Mais je ne savais pas comment dire non, moi à qui on n'avait jamais demandé ce que je voulais. Alors, je faisais mon possible pour ne pas le rencontrer, et j'allais à la fontaine ou au potager à des heures toujours différentes.

J'étais devenue amie avec Delina de chez Arnau en menant les bêtes vers les prés de Solau. Ses parents en possédaient un à côté du nôtre. Pendant que les bêtes paissaient, elle me racontait un tas d'histoires. J'ai connu tout le village par sa bouche, maison par maison et un par un ! Je n'arrivais pas à croire qu'elle en savait autant ! C'était une fille joyeuse et courageuse qui ne faisait pas de cachotteries et sa compagnie me délivrait bien souvent de celle du fils de bonne famille, une chance. Envoie-le promener, me répétait-elle, et ça me faisait rire. Mais qu'est-ce que je lui dis ? J'ai trouvé, tu lui expliques que tu as un fiancé dans ton village. Mais je ne savais pas inventer ce genre de choses, moi, et pourtant je pensais que s'il m'agaçait beaucoup, je finirais par lui dire ça.

Je n'en avais pas eu besoin. Le lundi, j'étais descendue au marché avec l'oncle. Il fallait faire des courses pour la maison et la tante m'y avait envoyée. Au moment de rentrer, l'oncle avait annoncé qu'on remonterait dans la charrette des Ferrer de Sarri. Quelle veine ! On n'aurait pas à faire le trajet à pied. Je venais à peine de grimper dans la charrette quand mon cœur avait bondi dans ma poitrine devant un sourire éclatant et une voix qui disait : Comment ça va, ceux de Pallarès ? C'était un grand gaillard, le fils du forgeron peut-être, qui nous faisait de la place. Il était plus petit qu'il ne paraissait au premier coup d'œil, parce qu'il était très mince. Des cheveux châtain foncé, un peu bouclés et peignés avec la raie sur le côté, un grand front et des yeux petits mais très vifs sous des sourcils bien dessinés. Une bouche pas très grande toujours prête à rire, au point que, quand il ne souriait pas, son visage sérieux surprenait.

L'oncle préférait s'asseoir à côté du conducteur pour le cas où il fallait aider à conduire les bêtes. Au début, je n'osais pas lever les yeux, je regardais mes pieds presque cachés sous ma jupe, mais un petit moment plus tard, je riais aux paroles de Jaume. Il était si simple et charmant qu'il avait rapidement vaincu la timidité qui m'avait envahie en le voyant. Pourtant, pendant tout le voyage, je n'avais pas pu soutenir son regard quand il posait fixement ses yeux sur moi.

JE NE SAIS PAS POURQUOI on m'avait appelée Conxa. Le vrai nom était Concepció, mais c'était long, surtout quand, petits, on devait tout le temps nous appeler. Et voilà. Personne d'autre ne s'appelait comme ça dans la famille, mais Assumpció, Encarnació, Trinitat et Concepció étaient des prénoms beaucoup donnés. Conxa m'était resté sans que je sache clairement qui avait commencé à m'appeler ainsi au lieu de Concepció. La raison en était très simple, c'était plus court. J'étais persuadée qu'il évoquait une grosse femme robuste, et comme j'étais très menue, quand je disais mon prénom, je pensais toujours qu'on allait éclater de rire et je passais un mauvais moment. Jaume m'avait dit, au contraire, que pour lui, prononcer Conxa était doux à sa bouche, c'était un prénom de petite chose sucrée qu'il aimait beaucoup. On aurait dit qu'il était venu au monde pour me délivrer de toutes mes peurs, pour mettre de la lumière là où je ne voyais que du noir et pour aplanir tout ce dont je me faisais une montagne.

Avant de le revoir, ce qui était arrivé rapidement, l'oncle, la tante et Delina m'avaient tout raconté sur lui, tous ses faits et gestes, et ceux de sa famille. Il était bien le fils des Ferrer de Sarri. Le cadet. Il avait un frère aîné, l'héritier, marié et père de famille. La terre n'étant probablement pas suffisante pour nourrir les deux fils, Jaume avait appris un métier. Deux, pour être précis. Il était maçon et menuisier, et il travaillait ici et là, où il y avait une maison à construire ou à réparer. On racontait qu'il était allé jusqu'au val d'Aran, même. Il avait la réputation d'être un garçon travailleur et débrouillard, mais à cause de cette condition professionnelle particulière, il passait pour un nomade, plus libre et donc plus insouciant que la plupart des gens qui ne quittaient pas des yeux la terre pour la travailler, et le ciel pour deviner ce qu'il laissait présager. J'avais donc remarqué qu'il était vu comme quelqu'un d'un peu à part, qui avait su faire sa vie mais qui, aussi, s'était éloigné des siens, un peu ou beaucoup. Si encore il avait appris le métier de forgeron, comme son grand-père ! Voilà ce que certains disaient de lui. Ces récits m'avaient serré le cœur, comme si j'allais jouer ma santé dans cette histoire, et j'avais décidé de m'ôter de la tête ce trajet et cet homme qui avait mis de nouvelles couleurs dans mon quotidien.

Mais il était revenu le jeudi suivant, à l'heure où le soleil illuminait la place et où nous sortions pour profiter du beau temps, avec des draps à rapiécer ou un tricot. Il était un véritable moulin à paroles. On l'avait laissé parler un court moment et nos mains s'étaient arrêtées, celles de la tante, de Delina, de la jeune de chez Melis et les miennes. Ma seule crainte était qu'on entende mon cœur qui battait plus fort que les rires et que mes joues me trahissent. Avant de partir, il avait demandé si on danserait un de ces jours à

Pallarès. Il avait envie de danser et, à Sarri, c'était mort.

Delina lui avait dit : c'est étrange que tu restes si longtemps dans ton village, et avant de répondre, il m'avait regardée et il avait répondu qu'en ce moment il faisait des travaux dans la maison de son père et qu'il en avait pour plusieurs jours. Jusqu'à Noël, peut-être.

LA TANTE M'AVAIT MONTRÉ UNE ROBE, si je voulais l'arranger pour moi, je n'avais qu'à me débrouiller. Repriser, elle le faisait, mais la couture plus fine, pas tellement. J'avais surmonté ma timidité et pris le chemin de chez Esquirol, allez, courage ! On disait que Toneta avait des doigts de fée. Avec ses seules indications, je m'étais lancée ; en échange, on avait convenu que je viendrais les aider le jour où ils feraient le boudin, le chorizo, les saucissons. J'en profitais dès qu'il faisait bien jour, et après avoir ajusté la robe, la rallonger un petit peu avait été facile. Pour cacher la marque sur le tissu, j'avais confectionné un petit feston avec les fils des bouts restants. La robe était vert foncé, boutonnée jusqu'au cou, avec une ceinture et une jupe ample tombant jusqu'aux pieds.

Le bal qui paraissait ne jamais arriver arriva. Je tremblais en descendant l'escalier de la maison, et pourtant j'y allais avec Delina. Ça faisait un moment qu'on entendait la musique de dehors lorsque nous étions entrées dans la salle de l'école, dont les tables avaient été poussées contre le mur. Les regards des gens m'avaient surpris. Ceux de chez August étaient déjà là, et aussi ceux de chez Sebastià, comme s'ils présidaient. Lui, il n'était pas là, et je ne savais pas dire non. Je m'étais donc retrouvée à danser avec Martí Sebastià, d'un bout à l'autre de la salle. Il était gras comme un cochon. Je voyais la sueur qui coulait sur ses tempes, et ses yeux brillants, mais absents. Sa main me serrait toujours plus fort contre son corps. J'étouffais, comme s'il m'étranglait, malgré mes efforts pour m'écarter un peu de cet homme qui me semblait à ce moment-là un tonneau qui me ferait dégringoler sur le sol, poussée par son énorme poids.

Je voyais que je ne pourrais pas me libérer facilement de mon partenaire. Jaume avait remédié à la situation dès son arrivée, dans un éclat de rire, comme si on se connaissait depuis toujours, en lançant : au tour de ceux de Sarri de danser avec les filles de Pallarès ! Martí était resté sans voix, il n'avait pas eu le temps de répondre car on tournoyait déjà dans la salle, Jaume et moi. Mais son visage avait viré à l'aigre d'une façon telle que je n'osais plus regarder vers le coin où il était planté.

On avait dansé tout le temps sans marquer de pause. Dehors, un vent qui devait être très froid sifflait, et moi, au contraire, je sentais la sueur qui me mouillait la nuque. Quand j'avais vu le vieux Tonet ranger son accordéon, j'avais déjà arrêté de danser, mais je ne pouvais presque pas respirer. Il faisait nuit noire et je sentais en moi, dans mes yeux et ma bouche, comme une sorte de miracle. Le froid glacial m'avait réveillée, et alors il m'avait dit, comme si de rien n'était, que si je n'avais rien contre, je pouvais faire savoir chez moi qu'il voulait me fréquenter et qu'il reviendrait le dimanche après-midi pour connaître la réponse.

De la salle de classe à la porte de la maison, il y avait six pas à peine. Les constructions mitoyennes formaient un des angles de la place. J'étais devant les marches que j'avais descendues quelques heures plus tôt et je ne me reconnaissais pas. Je m'efforçais de penser que j'étais la Conxa venue vivre à Pallarès avec son oncle et sa tante. Mais tout ça ne me parlait plus. Maintenant, je n'étais plus que la Conxa de Jaume. Au lieu de me faire bouger et sauter, cette folle joie me laissait immobile et encore accrochée au banc de pierre, en bas, là où on s'était dit au revoir. Pourtant, le contact de la rampe froide me poussait à monter.

Je voulais seulement revenir en arrière quelques instants, ou une demi-heure plus ou moins, et me souvenir de lui. Et sentir encore sa présence à côté de moi. Le brouhaha de la fête était encore intense autour de moi et j'avais tourné la tête instinctivement. Jaume me souriait à l'autre bout de la place et il me faisait au revoir de la main. J'avais alors grimpé les marches à toutes jambes. Je me croyais dans un autre monde. J'avais l'impression de rêver.

DEUXIÈME PARTIE

ELLES ÉTAIENT LOIN, les larmes versées parce qu'on ne me laissait pas épouser Jaume. La sagesse avait fini par gagner. Aucun motif empêchait qu'on se marie. Derrière les paroles, très rares, il y avait, pour l'oncle et la tante, des raisons d'importance. L'opportunité de faire un meilleur mariage, avec Martí Sebastià ou d'autres, le fait qu'ils faisaient office de parents pour moi du vivant des miens, l'humble condition d'ouvrier de Jaume…

Pourtant, tout le monde savait que chez les Sebastià, il y avait beaucoup de terres et peu d'envie de travailler ; le père était à moitié idiot, la mère fourrait son nez partout et le fils, il avait les bras à la retourne. J'ai déjà parlé de cet héritier. Un gars un peu dans la lune, accroché aux jupes de sa mère comme un marmot. Et des bâfreurs en plus, tous autant qu'ils étaient. La bru qui entrerait dans cette maison avait intérêt à rester sur ses gardes. L'oncle et la tante le savaient, et une chose favorisait le fait que je reste l'héritière des biens sous leur tutelle ; Jaume n'étant pas l'aîné, il pouvait venir vivre à Pallarès. Et il avait su tirer parti de cette donne. Il avait dit à l'oncle et à la tante qu'il aiderait pour les gros travaux d'été : faucher, mettre en gerbes, transporter et battre. L'hiver, il serait maçon là où il y aurait du travail, et l'argent qu'il gagnerait, l'oncle et la tante l'administreraient pour lui, et en plus il ferait les travaux dans la maison, qui en avait bien besoin.

Ce qui avait paru pour l'oncle et la tante une mauvaise affaire à première vue s'était petit à petit, à tête reposée, révélé avantageux. Il me semble que la promesse de leur confier les sous à gérer les avait décidés. En ce temps-là, il n'y avait pas d'argent au village. On n'en voyait qu'au moment de vendre une tête de bétail.

Je ne veux pas dire que tout cela avait été comme une transaction parce que me voir pleurer et me taire devant le refus du début avait compté pour calmer la tempête. Le fait que la tante avait épousé un homme beaucoup plus âgé qu'elle avait aidé aussi, l'amour de deux jeunes gens devait parler à son cœur. Elle s'était peut-être montrée plus avisée qu'elle ne l'avait laissé paraître en supposant que, énervée comme je l'étais, je pourrais accéder au désir de Jaume qu'on aille s'installer ailleurs, chez nous.

Mais je me sentais liée à l'oncle et à la tante, particulièrement à elle, par la gratitude. L'oncle était un homme rusé, habitué à agir sans trop parler pour le meilleur et pour le pire, très routinier, qui paraissait accepter avec satisfaction l'esprit vif et entrepreneur de sa femme. Il la laissait faire et il se réservait seulement la direction des travaux des champs et les tractations concernant le bétail. Il avait très peu d'amis et de relations, mais comme il était travailleur et pas du tout crâneur, il n'avait pas non plus d'ennemis.

Tout ce qui m'attachait à l'oncle et à la tante avait été l'œuvre de la tante ou presque et je me sentais coupable à l'idée de partir. J'avais peut-être peur, au fond, de perdre ce que j'avais appris à posséder. Je n'arrivais pas à me sentir libre et Jaume l'avait accepté ; il s'était lié avec moi à une terre et à deux personnes habituées à faire et défaire sans consulter quiconque. Il faut dire qu'alors l'amour contrebalançait n'importe quelle amarre.

La chaleur était revenue. On était au mois de juin 1921. Les champs étaient dorés et les coquelicots éclataient ; on entendait partout le vrombissement des mouches qui pourchassaient leur nourriture avec insistance. Les noisetiers sauvages et les noyers reverdissaient au bord de la rivière, ainsi que les peupliers. La montagne fourmillait de travailleurs, entre le jaune et le vert, de charrettes sur les chemins terreux et d'outils sifflants qui rabattaient sans compassion les fines tiges. La terre se gonflait d'orgueil de recevoir une telle abondance qui durerait toute l'année. Seul le bruit du vin coulant à la régalade de la cruche ou de la gourde en peau faisait relever brièvement la tête vers le ciel aux paysans.

Le retour des champs au pas de course, fatiguée de faucher, la poitrine mouillant ma blouse, pour prendre Elvira dans mes bras et lui donner la tétée, m'épuisait. J'étais toujours inquiète – je me disais, elle doit pleurer – même si je savais que, si je tardais, la tante la nourrirait avec de la mie de pain trempée dans du lait. Mais l'enfant réclamait sa mère et tout le monde disait qu'elle criait plus pour le manque de compagnie que par faim. Elle ne m'avait pas beaucoup pour elle, dans ce premier été de sa vie. Il fallait rester dehors tellement longtemps ! Parfois, Jaume me faisait signe de rentrer à la maison et je partais, mais en craignant que l'oncle me surveille et râle. Je passais donc d'un endroit à l'autre comme une fuyarde, d'Elvira au travail et du travail à Elvira. En y repensant aujourd'hui, je mesure que c'était un gros chambardement, mais le soutien constant de Jaume me rendait forte et me poussait vers le plus important : l'enfant. Il disait : les personnes passent avant les choses. Mais j'avais besoin d'aide pour respecter cela parce que j'avais appris le contraire. Quand tout avait été fait pour la terre et pour les bêtes, c'était au tour des personnes.

Jaume était rebelle aux conventions, mais il se gardait bien d'affronter l'oncle et la tante, sur aucun sujet. En fait, nous avions eu assez de mal avant de nous marier. Par désir de tranquillité, nous en rajoutions sur le respect, et on se mordait souvent la langue pour ne pas les contredire. Je le remerciais pour sa patience, et l'envie de rire le prenait rapidement, pour un rien ; il se sentait joyeux comme jamais, disait-il, d'être jeune, amoureux et père.

Elvira était née quelques jours avant notre premier anniversaire de mariage. Un 18 novembre, et Jaume travaillait à Montsent. C'était un mardi et il ne l'avait appris que lorsque Anton de chez Peret avait dû y descendre le vendredi. Jaume avait tout laissé en plan et, à la nuit tombée, il était monté à pied malgré la neige qui gelait sur les chemins. Personne ne l'attendait avant le dimanche.

Quelle joie ça avait été de le voir, le visage rougi dépassant du cache-nez alors que la nuit était tombée depuis longtemps. Il m'avait embrassée très fort ; tout de suite après, il avait regardé la petite de tout près, elle dormait dans le berceau qu'il avait fabriqué. Sans dire un mot, il était revenu vers moi et il avait pris mes mains. Le contraste entre la chaleur et la fraîcheur avait vite disparu. Les mots avaient mis un bon moment à sortir. Je lui avais raconté, dans le désordre et très émue, comment s'était passé l'accouchement. Ça lui paraissait très étrange d'avoir vécu les trois jours sans savoir qu'il avait une fille sur cette Terre. C'était du vol, selon lui, mais je n'avais rien trouvé à dire pour le soulager, et nous nous étions tus à nouveau. Il avait fini par me prendre dans ses bras puis il était reparti en me promettant de boire un bol de lait chaud ; il ne m'avait pas laissé le lui préparer. Sans avoir dormi, il avait refait le chemin dans l'autre sens pour arriver à l'aube à Montsent et reprendre son travail.

Le lendemain, quand j'avais raconté à la tante ce qui s'était passé, ses yeux l'avaient trahie, malgré l'expression imperturbable de son visage. Je crois que c'est comme ça que Jaume avait commencé à gagner son estime ; en secret, bien sûr.

Les jours passaient très vite. Je n'avais pas encore compris ce que signifiait être mère, avec une Elvira d'un an, et déjà mon ventre pointait, annonçant la naissance du deuxième enfant. Ce serait peut-être un garçon. C'était la principale préoccupation de tout le monde, je ne sais pas pourquoi. Un héritier. Je ne savais pas si je voulais un garçon parce qu'on disait couramment qu'un garçon c'était mieux qu'une fille, ou parce que je le voulais, un point c'est tout. Pour avoir fille et garçon, un de chaque.

Un garçon deviendrait un homme. Et l'homme a de la force, pour la terre, le bétail, pour construire des murs. Mais je n'arrivais pas à y voir clair. Quand je réfléchissais aux familles que je connaissais bien, la femme en était à mes yeux le plus grand pilier. Chez moi, c'était ma mère qui faisait ou coordonnait toutes les tâches. Et ne parlons pas de la tante. La femme mettait les enfants au monde, elle les élevait, elle faisait les foins, elle s'occupait de l'étable, du poulailler, des lapins. Elle tenait la maison et elle faisait beaucoup d'autres tâches : le potager, les conserves, les charcuteries… Et l'homme, que faisait-il ? Il réglait les choses de dehors. Quand il fallait vendre une vache. Embaucher des gars pour la fenaison ou les moissons. Il n'était pas évident pour moi que l'homme en faisait ou était plus que cela, pourtant tout le monde répétait : qu'est-ce qu'une maison sans un homme ? Moi, je me demande : qu'est-ce qu'une maison sans une femme ? Mais ce que tout le monde affirmait depuis toujours avait davantage de poids. Tout ce que je sais, c'est que je voulais un garçon.

S'occuper de tout, enceinte, était aussi difficile que de marcher au milieu des ronces, c'est certain.

Jaume m'aidait beaucoup, mais il passait beaucoup de temps loin de chez nous. Des semaines entières, l'hiver. Avec la fillette, surtout, nous étions partagées entre la joie de l'attendre chaque samedi et la tristesse de le voir repartir le lundi. Pendant ses périodes où il était loin, il rencontrait des gens nouveaux. Très souvent, à la maison, je lui voyais un regard perdu, et quand je lui demandais à quoi il pensait, ce n'était ni à moi ni à Elvira ou au nouvel enfant qui allait arriver. Il répondait : à rien, ou alors à telle ou telle maison de Montsent ou de Sarri qui avaient besoin de ceci ou de cela, et ça leur coûterait bien peu de le faire si… Il me regardait et il cessait la conversation, il me cajolait comme un enfant et il décidait qu'on avait quelque chose à faire. Je ne me rassasiais pas de sa présence et j'aurais voulu m'en remplir jusqu'à deviner ses secrets et tout ce qu'il ne me racontait qu'à moitié, comme j'en avais l'impression, mais il ne nous restait pas de temps pour nous deux seuls. Il y avait toujours du travail, il y avait toujours quelqu'un. Je pensais qu'il ne ressentait pas la même chose que moi, mais je n'osais pas lui en parler, des fois qu'il aurait ri de moi et de mes craintes.

J'en touchais parfois un mot à Delina. Notre amitié durait, malgré la dispute entre nos familles pour une question d'horaires d'arrosage du potager de Fontnova. Delina pensait autrement. Elle affirmait que les hommes sont tous pareils ; quand ils ont une femme sûre et bien enchaînée à la maison, ils l'oublient. Le mirage de l'amour ne dure que quelques jours et ça ne sert à rien de retourner ça dans sa tête. Je ne voyais pas ça de cette façon, mais je ne savais pas comment m'expliquer, comment réfuter ce qu'elle disait. Je me demandais seulement comment elle pouvait être si catégorique puisqu'elle n'avait même pas de fiancé. Ça ressemblait à une pointe de dépit envers les hommes qui n'avaient pas su découvrir qui elle était vraiment : une femme de pied en cap, adroite, travailleuse et à peu près aussi pauvre que la plupart dans le pays. J'avais raison.

Jaume m'avait élevée au rang de personne, et je mélangeais reconnaissance et sentiment amoureux. Les gens m'ennuyaient, même les enfants. Ne parlons pas du travail ; pourtant il me faisait vivre, il m'empêchait de geindre sur mon sort et il ne me laissait pas le temps de penser. Mais lorsque Elvira se réveillait la nuit en pleurant et que je la calmais, je n'arrivais plus à me rendormir et je ruminais, je revenais à mes souvenirs. Des plus anciens, quand j'étais enfant à l'Ermita, jusqu'à celui du visage de Jaume qui, dans la charrette de son père, me souriait pour la première fois à Montsent, en passant et repassant dans un désordre total les tâches et les travaux à faire le lendemain. Alors qu'il me semblait que je me rendormais enfin, la tante venait me réveiller, étonnée de ne pas trouver le feu allumé.

NOS VOISINS, de l'autre côté, étaient les gens les plus extravagants du village. La famille se composait du père, de l'âge de l'oncle environ, de deux filles et d'un gendre. Soledat, une célibataire d'un certain âge, et Tereseta, qui avait épousé le pauvre Lluís deux hivers avant mon mariage avec Jaume. La mère était morte depuis des années, avant que je vienne vivre chez l'oncle et la tante. Elle s'appelait Trinitat, et de son vivant, son homme passait pour une femmelette. On parlait d'elle comme d'une femme avare de parole, et même d'une sorcière, d'après la rumeur qui courait de bouche en bouche. Elle ne sortait jamais de chez elle et on ne l'apercevait qu'au coin de sa fenêtre ou du balcon par beau temps, à l'affût. Les gens avaient peur d'elle, mais dans les cas désespérés, ils venaient la consulter. Elle recommandait des breuvages et disait des prières ; ceux qui étaient entrés une fois chez elle, par l'escalier très étroit qui menait au premier étage, ne contaient rien quand ils ressortaient. Une bonne amie de la tante lui avait expliqué que c'était aussi crasseux qu'une bauge à pourceaux, que des herbes séchées pendaient partout, et qu'en sortant elle avait vu une patte de corbeau clouée sur la porte, ça lui avait glacé le sang.

Trinitat morte, l'homme s'était mis à raconter aux oisifs réunis sur la place qui voulaient l'entendre, des vieux comme lui et des enfants, que ses filles pouvaient prétendre au trône d'Angleterre, à commencer par l'aînée. Je vous laisse imaginer comment la nouvelle avait couru dans le village, dans un véritable embrouillamini, déjà parce que peu de gens savaient situer un tel endroit, même confusément. Au lieu de traiter le père de fou, les filles le suivaient en tout et elles devenaient de vraies furies quand les gamins se moquaient de Soledat devant elles et l'appelaient reine d'un ton moqueur. Tereseta, qui ne se voyait pas près d'être couronnée, ne manifestait pas autant de colère mais elle excitait son mari contre les enfants, le hélant de la rue à s'en étrangler, ce qui redoublait les rires. Dans ces moments-là, Lluís devenait sourd comme un pot et, quand son beau-père sortait dans la rue, il se débrouillait pour se trouver une tâche bien loin de là : dans l'étable ou au potager, et ce jour-là il arrivait en retard au dîner. Aux dires de tous, il était l'homme qui filait le plus droit du village.

Soledat faisait peur aux enfants, c'est un fait, et elle avait failli en renverser un plus d'une fois quand elle leur courait derrière pour les faire taire. Elle approchait sûrement la quarantaine ; grande et efflanquée, les cheveux serrés en un petit chignon au milieu du crâne, la figure lézardée de rides et brûlée par le soleil, et deux petits yeux perpétuellement sur le qui-vive. Au début de l'automne, elle coiffait un foulard noir qui couvrait non seulement ses cheveux mais aussi une partie de son front, et elle ne l'enlevait sous aucun prétexte avant les premiers signes de l'été.

Tereseta et elle étaient des femmes renfrognées qui ne fréquentaient personne, sauf pour engager des poursuites judiciaires, et ça finissait en hostilité à vie. Quand elles s'acharnaient sur quelque chose, rien ne les arrêtait.

Je montais l'escalier d'un pas lourd, une brassée d'herbes pour les lapins dans les bras. Soledat m'avait vue de son balcon et elle avait constaté que j'étais enceinte. J'avais dû m'entendre dire qu'on avait déjà remis le couvert, qu'on travaillait sans relâche et de bon cœur, avec un ricanement qui m'avait fait monter le sang aux joues. Pour finir, d'un ton humiliant et en me fixant de ses yeux de pie très enfoncés, elle avait ajouté : ce sera une autre fille.

L'enfant était arrivé au printemps de 1923. C'était le dernier jour de mars, et il gelait encore tous les matins. On l'avait prénommé Angeleta.

L'ÉCOLE ÉTAIT VOISINE de notre maison. Chaque matin, on descendait l'escalier toutes les trois en se donnant la main. J'étais au milieu. Arrivée sur la place, je surveillais les filles du regard pendant qu'elles rejoignaient les autres enfants avant de faire quelques pas jusqu'à la porte où la maîtresse les attendait.

Quand tous les enfants étaient entrés dans l'école, et que la place s'était vidée, je regardais par terre. Est-ce que j'avais bougé les pieds de là où j'étais le jour où Jaume m'avait dit qu'il voulait me fréquenter ? Je les déplaçais parce que je pensais que j'étais un peu plus à droite. Un autre matin, j'avais l'impression que je devais aller vers la gauche, au-delà de la première marche, pour retrouver le point précis d'alors. Je voulais continuer d'être la Conxa de la fin du bal.

Angeleta regardait la grande avant de faire quoi que ce soit, elle était tranquille et silencieuse, obéissante, tout le contraire de sa sœur qui aimait commander, comme le coq au milieu des poules. La tante disait, ce sera toujours comme ça, chacune avec sa nature, comme ta mère et moi ; Elvira me ressemble. Elle parlait avec fierté de l'aînée, et je ne voulais pas la contredire parce que je trouvais qu'elle avait en partie raison. Mais je voyais qu'Elvira était faite du même bois que son père, vifs tous les deux, ouvrant le chemin pour les autres. Une complicité était née entre Jaume et la tante. Quand il parlait de ce qui se passait, des informations qu'il avait dénichées dans les pages d'un journal, c'était la tante qui l'écoutait le plus volontiers et elle ajoutait souvent son grain de sel. Une fois, j'étais devant l'évier, je lavais la vaisselle et ils étaient restés à table tous les deux pour poursuivre la conversation.

Tous les sept jours, après avoir rempli les auges et les mangeoires des bêtes d'eau et de pâture, j'allais faire cuire le pain au four du village. Chaque famille faisait ses pains qui duraient plusieurs jours selon sa consommation. Habituellement, je sortais par l'arrière de la maison, je coupais par un sentier pentu et j'y étais en moins de deux. Mais il fallait passer le long du cimetière. Un jour, au moment où j'étais entrée dans le village, Martí Sebastià était sorti du cimetière avec sa mère. Son parrain et père était mort peu avant. Personne de chez nous n'avait manqué aux funérailles et nous avions présenté nos condoléances, l'un après l'autre, comme ça se faisait entre voisins. Lorsque je les avais salués, Martí m'avait répondu sèchement, mais sa mère avait tourné la tête, on aurait dit qu'un bruit l'avait empêchée de parler. Je m'étais faufilée vers le four comme si j'étais fautive vis-à-vis d'eux et que ça m'obligeait à me dépêcher. En marchant, j'avais senti le regard des deux dans mon dos. Après, j'avais toujours pris le chemin le plus long qui traversait le village pour porter le pain à cuire au four.

De temps en temps, j'allais au marché de Montsent avec l'oncle. La tante disait que les gens la fatiguaient et Jaume avait du travail. Au marché, je trouvais souvent quelqu'un de l'Ermita qui me donnait des nouvelles de la famille. Un jour, j'étais tombée sur mon petit frère Pere, le dernier, qui me dépassait d'une tête. J'avais bien failli ne pas le reconnaître. Il m'avait regardée comme s'il était intimidé, et au début, il avait eu du mal à ouvrir la bouche. Quand je vivais encore à la maison, je n'en pouvais plus de l'habiller, de l'amuser et de le bercer. Il m'avait parlé de la santé de tout le monde, mais il ne m'avait rien demandé, comme si, pour lui, j'étais une personne distinguée qu'il ne fallait pas ennuyer avec des questions. Cette rencontre m'avait fait clairement comprendre que pour mes frères et sœurs j'étais chanceuse d'être allée vivre à Pallarès chez l'oncle et la tante.

À PART LA JALOUSIE de la grande pour la petite, ces six années de vie de famille avaient été bonnes. L'inquiétude que je ressentais parfois à propos de Jaume passait. Je ne sais pas si nos filles nous rapprochaient ou si elles nous séparaient ; ce qui est sûr, c'est que j'avais souvent l'impression que nous nous aimions à travers elles. Quand je menais les bêtes aux prés de Solau, une maille à l'endroit une maille à l'envers, me revenait toujours à la mémoire, comme un paradis perdu, ma joie exubérante quand j'étais tombée amoureuse de Jaume. Je n'arrivais pas à imaginer le paradis que prêchait le père Miquel autrement que comme cette force étrange qui, pour moi, avait chamboulé le monde.

Elvira me tirait souvent de mes pensées et je sursautais de peur, ce qui la faisait rire aux éclats. Elle poussait toute menue, mais elle était vive et énergique. Elle venait me remplacer pour que j'aille préparer le dîner. La maîtresse disait qu'elle était vif-argent pour apprendre et c'était agréable pour moi de l'entendre ; je me disais qu'elle se défendrait mieux que moi dans la vie.

Ce jour-là, au pré, Elvira m'apportait une nouvelle. On avait reçu une lettre des cousins et la tante avait dit qu'elle pensait aller à Barcelone.

Mon cœur avait bondi dans ma poitrine. Il devait être arrivé un malheur. Partir aussi loin était difficile et fatigant. J'étais rentrée le plus vite possible comme si on venait de me prévenir qu'il y avait le feu à la grange. Impatiente de savoir ce qui se passait, j'avais laissé Elvira en plan. En chemin, j'avais rencontré Delina qui rentrait les vaches. Une chance, car elle m'avait changé les idées. Toujours aussi guillerette, elle m'avait expliqué que son grand frère serait bientôt curé et qu'elle était émue en y pensant. Il lui avait dit que si elle n'avait pas le projet de se marier, elle serait sa gouvernante quand il aurait sa cure, et elle s'occuperait de tout, des vêtements sacrés et du presbytère qui lui serait confié, et elle serait respectée comme la femme la plus importante du village. Elle savait bien que ce n'était pas pour demain, mais elle qui n'avait plus aucun espoir depuis longtemps voyait un chemin se dessiner. Je m'étais risquée à lui dire qu'un célibataire lui demanderait peut-être de l'épouser avant cela, et elle avait répondu non, non. Elle ne se voyait pas en bonne d'un homme, d'aucun homme, rien que d'y penser, ça la révulsait.

Je réfléchissais encore à ce que voulait dire révulser quand j'étais passée devant les premières maisons du village et l'inquiétude m'était revenue comme une vague. J'avais monté les marches quatre à quatre et j'étais entrée dans la cuisine. La tante épluchait méticuleusement des pommes de terre et l'oncle était assis près du feu, la pipe à la bouche. J'avais compris qu'il ne se passait rien de grave et j'avais tout de suite décidé de ne pas dire un mot de ce que m'avait raconté Elvira.

La tante aurait pu en être blessée ; mais dès qu'elle m'avait vue, elle s'était mise à parler. Ma fille, ils font l'Exposition à Barcelone, et mon cousin m'invite, à tout prix. Je me dis que si je n'accepte pas, je mourrai sans y être allée. Si tu peux t'occuper de la maison et des enfants, je partirai dans quinze jours. Elle avait ajouté que l'Exposition montrait un tas de bonnes choses qui se font dans beaucoup de pays du monde. L'oncle avait dit : c'est sûr, et toi, tu dois leur dire oui. Il avait prononcé ces mots sans colère, mais comme s'il enviait sa femme de s'intéresser à une chose aussi lointaine et inconnue.

Tout ça ne lui disait rien, à lui. Ni l'Exposition internationale ni ce qui se passait à Montsent. Apparemment, l'oncle aimait plus que tout la routine quotidienne, et la tante le lui reprochait souvent. Si je n'étais pas là, on serait tous dans un trou, tous ceux de cette maison. Elle exagérait.

JAUME VOULAIT qu'Elvira aille à l'école à Montsent où on enseignait davantage à lire et à compter. Pour lui, il était important que les fillettes apprennent le plus possible, et l'énergie qu'elle y avait mise ce dernier hiver, ajoutée à la recommandation de la maîtresse, l'avait décidé. La seule chose qui le retenait, c'était le trajet d'une heure et demie qu'elle devait faire.

J'avais dit qu'il serait bon aussi qu'elle apprenne à coudre et il avait souri. Bien sûr ! Il nous avait paru meilleur d'attendre un peu ; à ses treize ans, elle aurait une place dans une bonne maison de Montsent et elle irait à l'école quelques heures l'après-midi. C'était ce qu'on s'était dit.

On était partis ensemble avec Jaume pour chercher les bêtes du côté de Sant Damià. La journée était resplendissante et tout paraissait vivre et se refléter comme dans un immense miroir. La neige s'attardait encore au sommet des montagnes, le vent était frais alors que la nouvelle herbe verdissait déjà depuis plusieurs jours. Les bouleaux étiraient leurs bras vers le ciel dans l'espoir d'un feuillage tendre. On devait rentrer bientôt parce que j'étais seule maintenant pour tout faire à la maison. Pendant qu'on ramenait les veaux et les vaches, les fillettes étaient au potager avec l'oncle.

On avait profité de ce moment ensemble pour bavarder tranquillement. Le soir, je tomberais de fatigue, mais à ce moment-là, ça m'exaltait de faire un pas après l'autre, de sauter de pierre en pierre, de traverser le ruisseau et d'éviter les orties. Les vaches suivaient docilement, il suffisait de les détourner des branches qu'elles essayaient de brouter et de les remettre sur le chemin. On n'avait pas à craindre les vipères, le temps était encore assez frais.

Après avoir causé des filles, on avait parlé de tout. Jaume m'avait dit qu'il aurait payé cher pour aller à Barcelone comme la tante, que l'avenir du pays et de la justice l'inquiétait beaucoup. Il avait dit qu'on vivait abandonnés dans la montagne, que personne ne se souvenait des enfants de la terre qui vivaient si loin de l'endroit où tout se décidait.

Quand on s'engageait sur ces voies épineuses, il m'arrivait toujours la même chose. Un brouillard épais envahissait mon cerveau et bientôt mon cœur qu'il laissait glacé et plongé dans le noir. Je connaissais ce que je voyais, je parlais de ce que je sentais, j'étais habituée à ça. Je ne savais rien de ce qui se passait loin de Pallarès ou de Montsent, ou de l'Ermita. J'avais entendu parler de Barcelone, de la mer, et même de Madrid et du roi. En définitive, tout ça me paraissait un conte, comme ceux que le père racontait au coin du feu. Je croyais que ça n'existait pas pour de vrai, que c'était de la blague, comme l'histoire de Soledat d'Estevet qui avait droit au trône d'Angleterre. C'était peut-être pour ça que, quand je voyais les yeux de Jaume briller en me parlant de choses d'ailleurs, le monde chancelait, le sol vacillait sous mes pieds, je perdais le nord et, au lieu de guider les bêtes, je sentais que c'étaient elles qui me ramenaient à la maison. Dans ces cas-là, Jaume et moi, nous étions comme le jour et la nuit, et cette différence me faisait trembler encore plus que la séparation, lorsqu'il partait toute la semaine travailler loin.

On était rentrés avant la tombée de la nuit, jeudi se terminait et le lendemain, une autre journée de travail commencerait. Dimanche, la tante rentrerait, le visage rayonnant d'une joie que je ne lui avais jamais vue.

Les mots lui manquaient pour parler de l'Exposition et de comment la famille l'avait traitée, tellement bien, surtout Ventura, la fille de son cousin Tomàs, qui l'avait promenée partout.

Elle parlait des palais, des jardins et de tant de choses qui ne pouvaient se comparer à rien de ce qu'on connaissait à Pallarès. Seulement aux montagnes et aux rivières, et encore.

L'ONCLE ÉTAIT TOMBÉ MALADE à l'automne. Cela paraissait être dû à l'agitation de l'été, mais l'hiver approchait et il n'allait pas mieux. Le médecin de Montsent avait dit que, si les brûlures ne s'étaient pas atténuées autour de Noël, il faudrait revenir le voir et il lui prescrirait un sirop. Recroquevillé dans un coin, il avait l'air de ne se rendre compte de rien, il ne parlait presque plus et il ne se plaignait même pas. De temps en temps, il racontait des histoires aux filles, mais c'était quand nous, les adultes, on était occupés loin de la cuisine. Je n'ai jamais su s'il aimait passer du temps avec les enfants ou s'il voulait nous aider. Puisqu'il n'était plus bon à rien, il s'occupait de la marmaille pour qu'elle nous laisse travailler.

À la Toussaint, la tante avait commencé à lui poser un cataplasme de graisse de serpent et de plantes sur l'estomac. Je n'avais pas pu lui faire dire d'où elle sortait cette recette. L'oncle se laissait faire, mais on ne voyait aucune amélioration. Il mangeait à peine et il ne fermait pas l'œil de la nuit.

Il n'avait pas été nécessaire de retourner voir le médecin de Montsent. Le 8 décembre, jour de la fête de l'Immaculée Conception, l'oncle nous avait laissés dans la barque qu'il avait aidée à faire naviguer.

Je ne sais pas s'il faut toujours que quelqu'un nous manque pour qu'on sache qu'on l'aimait, mais c'est ce qui m'était arrivé. Tant que l'oncle vivait, je n'avais pas eu le temps de me demander si ce que je ressentais pour lui était de l'amour ou de la reconnaissance. Après sa mort, j'avais ressenti un pincement d'affection pour cet homme qui avait joué le rôle de père pour moi pendant plusieurs années. Il n'y avait peut-être pas mis d'enthousiasme, ce n'était pas dans son caractère, mais de la bonne volonté, sûrement. J'avais pris la décision de mieux manifester mon affection aux miens et de leur démontrer que je désirais avant tout leur bonheur, surtout à la pauvre tante qui demeurait abattue malgré son caractère robuste et laborieux.

Il est fréquent que les deuils s'enchaînent dans les maisons. Quelques mois plus tard, en mars 1931, la nouvelle de la mort de ma mère nous était parvenue. Jaume voulait m'accompagner à l'Ermita, mais la tante n'y avait pas consenti. C'était sa sœur. Nous y étions allées aussitôt, toutes les deux.

J'avais trouvé le père et les frères et sœurs en larmes, et moi je n'arrivais pas à me faire à l'idée que la femme qui m'avait mise au monde était morte sans que je lui aie dit adieu. À ce moment-là, j'avais eu l'impression de comprendre mon homme quand il disait qu'on était tellement pauvres et que c'était tellement difficile d'aller d'un endroit à l'autre qu'on arrivait trop tard, le plus souvent.

Rien ni personne ne pouvait me consoler. Mon père avait vieilli depuis le baptême d'Angeleta. Mes frères et mes sœurs étaient devenus des parents lointains. J'avais cessé d'appartenir à ce bercail et je faisais vraiment partie d'un autre enclos. Ma vie depuis le jour où j'étais partie de la maison de mes parents m'était alors apparue : le temps avait passé à toute vitesse, un jour chassant l'autre, et ma mère ne s'était peut-être jamais remise du chagrin de se séparer de sa fille. Mais tout cela appartenait au passé et la vie continuait. Nous avions quitté l'Ermita les yeux gonflés d'avoir versé tant de larmes et la tête lourde, et j'avais songé que je ne savais pas quand j'y reviendrais et que j'avais perdu les racines les plus profondes que je possédais là.

À Pallarès, la maison était devenue silencieuse, avec tout ce noir de deuil. Le bruit et les cris de mes filles me semblaient plus doux parce qu'elles grandissaient, ou parce que, plongée dans mes pensées, je ne les entendais pas.

Une étrange joie, apportée par Jaume, devait pourtant bientôt entrer chez nous. Le roi Alphonse XIII avait quitté le pays et la République venait d'être proclamée. Je ne comprenais pas vraiment en quoi c'était une raison de se réjouir, mais le bonheur de

Jaume jaillissait de ses lèvres, de ses mains, et il était contagieux. Tout à coup, il m'avait entraînée dans la rue où les gens s'étaient réunis pour discuter. Il faisait encore frais, mais le printemps brillait d'un soleil de rêve. J'étais éblouie par toute cette lumière et étourdie par les voix qui répétaient sans cesse un seul mot : « République ».

Le bruit avait couru qu'un homme de Montsent monterait à l'école l'après-midi pour expliquer tout ce que ce changement signifiait. Le lendemain, la tante m'avait rapporté que, quand elle était entrée dans l'école, ceux de chez August en sortaient en jurant, rouges de colère. Elle avait tout de suite aperçu Jaume qui sautait d'une table, le portrait du roi à la main. Sur le mur, il ne restait qu'une tache plus claire et le clou.

Au printemps et à l'automne, quand il a suffisamment plu et que le sol a réchauffé la terre, deux sortes de champignons bons à manger sortent dans les prés, en procession. Les uns, couleur terre, l'air délicat avec un long pied droit et un chapeau en parapluie et, dessous, des lames comme les feuilles d'un livre épais. Les autres blancs avec un grand chapeau, un pied court et épais et des lames brunes. Les cariolettes et les mousserons de printemps sont très appréciés quand ils sont frais, et on les laisse aussi sécher sur des tamis pour l'hiver, quand on n'en trouve plus. Secs, ils perdent une grande partie de leur odeur et de leur poids. Mais une petite poignée suffit à parfumer le riz et n'importe quel ragoût de lapin, de poulet ou de viande.

Dans les prés autour du village, on en trouvait, surtout les cariolettes, mais en petite quantité ; quand on emmenait les bêtes ou qu'on ouvrait l'eau sur la parcelle, on en profitait pour les cueillir, chacun dans ses prés. Mais il fallait y passer toute une journée si on voulait en avoir pour toute l'année.

Ce mois de mai 1931, on s'était retrouvées avec des femmes de Pallarès pour cueillir des cariolettes et des mousserons dans les prés de la montagne. La belle-sœur de Jaume, Agnès, nous avait rejoints en chemin, ainsi que deux ou trois filles de Sarri. Jaume les avait prévenues qu'on irait le mercredi. Nous étions au moins dix ou onze.

J'avais retrouvé Delina avant de partir et on avait pris deux paniers chacune. Les remplirait-on ? Dans le plus petit, on emportait le casse-croûte. Du pain et du jambon. De l'eau, on en trouverait en quantité.

On était parties au lever du jour, excitées comme des gamines au début, on avait l'impression qu'on manquerait de temps pour bavarder, mais quand on avait attaqué la montée, les langues s'étaient vite arrêtées, histoire de ménager son souffle.

Cette sortie me faisait plaisir. J'aimais marcher au milieu des prés, dans l'herbe épaisse, sans rien d'autre en tête que de trouver des clairières pleines de champignons et de remplir mon panier. La marche était dure, mais une fois arrivées en haut, on n'aurait qu'à redescendre, ce qui se faisait en un rien de temps. De là-haut, on voyait tous les petits villages proches les uns des autres, avec leurs toits d'ardoise noirs et un filet de fumée qui s'échappait pour signaler qu'il y avait de la vie. Les joues en feu et la fraîcheur au cou, on s'était arrêtées pour manger avant de se mettre à chercher sérieusement les précieux champignons. Qui oserait présenter le ragoût de la *festa major* sans l'accompagner d'une bonne sauce aux cariolettes ? Les mousserons de printemps étaient encore plus appréciés par les palais fins, et tout frais comme ça, on les cuisinait en omelette.

Elvira aurait voulu m'accompagner, mais je préférais qu'elle aide à la maison. C'était une petite femme ; seule sa maudite jalousie entamait son caractère doux. Quand j'en avais parlé à Delina, elle m'avait raconté une chose qui m'avait effrayée. Avant la naissance d'Angeleta, elle avait entendu les femmes réunies sur la place, celle de Sebastià et celle d'August, la vieille de Jou, la pâtissière et d'autres, dire aux gamins qui n'avaient pas de petit frère ou de petite sœur d'en profiter, parce que, quand on leur en amènerait un ou une, ils ne riraient plus autant. Elle avait souvent entendu ces commentaires. Et de bien pires encore ; qu'on ne les aimerait plus, eux, que la mère ne s'occuperait que du petit qui venait de naître, et que tout ce qu'ils avaient, il faudrait le partager avec lui, dans le meilleur des cas.

J'en étais restée tout abattue et j'avais ressenti de la compassion pour Elvira. Si je l'avais su avant, elle serait venue avec moi ce jour-là, même si une marche aussi dure m'ennuyait pour une enfant aussi jeune.

Heureusement, on trouvait plein de champignons, parce qu'autrement ces pensées m'auraient brisé le cœur. Mais il y en avait ! Autant qu'on espérait : il avait plu, il avait fait soleil ; la terre était gorgée et elle donnait ses fruits. La tante serait contente. Quel plaisir de voir les mousserons de printemps et les cariolettes sortir leur tête dans l'herbe !

L'ÉTÉ APPROCHAIT DE NOUVEAU, avec les gros travaux des champs qui démarraient soudainement mais ne nous laisseraient plus ensuite un moment de répit jusqu'à la fin août. Alors, quelques coups de tonnerre balaieraient la chaleur et il nous en resterait seulement un moment autour de midi, si un nuage ne venait pas masquer le soleil.

Cette année 1932, les cousins de Barcelone n'étaient pas venus pour la fête, et j'en garde pourtant un souvenir des plus joyeux. Jaume ne voulait pas qu'on rate une seule danse ; on ressemblait à des jeunes promis. Je me souviens des virevoltes au rythme de la musique et de la pureté de l'air sur mes joues en feu. Danse des bouquets, danse des mariés… on les dansait toutes. Et, après le dîner, on était retournés à la fête jusqu'à l'aube. Je ne pouvais pas m'empêcher de me rappeler notre premier bal. Est-ce que Jaume y pensait, lui aussi ? Autour de nous, je revoyais, comme ce jour-là, les nombreux regards qui nous observaient. Est-ce que c'était l'envie qui les faisait parler ? Lui, il n'y prêtait pas attention. Il avait l'air de vivre ce moment, rien de plus. Dans ses bras, j'avais la sensation d'être protégée de tout, il me défendait de tout. Cela me rendait heureuse et me faisait souffrir en même temps ; une pensée m'agitait. Qu'est-ce que je deviendrais sans lui ? Mais l'accordéon ne s'arrêtait pas et moi non plus, comme si j'avais des ailes aux pieds.

Sur les airs du pot-pourri qui marquait la fin du bal de l'après-midi, il me semble voir, aux premières notes, Angeleta en train de guetter du coin de l'œil son père qui m'emmène danser ; au milieu de la danse, Elvira, le regard sûr, campée devant un grand garçon beaucoup plus haut qu'elle. À douze ans, on aurait dit une rose en bouton sur le point d'éclore. Les cheveux châtains ondulés et soyeux encore coiffés en deux tresses, des yeux couleur de miel, des taches de rousseur près du nez, et au-dessus du menton, une bouche aux lèvres fines et bien dessinées. Ensuite, je revois la petite tête frisée d'Angeleta qui fait maintenant la ronde avec une fillette un peu plus grande, et de nouveau Elvira qui me salue de la main et sourit ; avant les dernières chansons, je dis à Jaume que je suis enceinte, et dans le brouhaha je ne sais pas s'il m'a entendu, il continue de me faire tourner, je ne vois pas ses yeux, seulement le duvet près de son oreille, mais quand les musiciens arrêtent de jouer, son sourire me redonne le souffle qui me manquait. Ce sera un héritier, cette fois ?

J'avais envie d'un garçon. Les filles étaient élevées ; une fois la première année passée, elles avaient poussé comme rien. Elles avaient grandi sous l'autorité de la tante – elles l'appelaient grand-mère –, avec un père adoré souvent absent de la maison et une mère qu'elles traitaient davantage comme une grande sœur, soumise autant qu'elles aux ordres quotidiens de la tante, même quand ça allait à son encontre. Je repensais à la dernière contrariété que j'avais encaissée toute seule. L'oncle et la tante avaient gardé le lait des filles pour le donner aux veaux et je n'avais pas protesté. Plus encore, je l'avais caché à Jaume pour éviter les disputes.

Je voulais un garçon. Je ne sais pas pourquoi. Peut-être pour qu'il nous protège à l'avenir, pour qu'il n'obéisse qu'à sa seule volonté ; pour qu'il ne dise pas ça me va quand c'est mal ; pour qu'il ne voie pas blanc ce qui était noirci.

Avant le dîner, on était encore allé boire un verre avec toute la bande des couples mariés. Il y avait beaucoup d'animation. Aleix de Sarri s'était approché de nous et il avait parlé de l'eau. Jaume lui avait dit qu'il pouvait compter sur lui, qu'il irait lundi. Il s'agissait d'amener l'eau de l'ombrée, où elle surgissait en abondance, jusqu'à la soulane, aux prés et aux maisons du village. Le problème étant qu'il fallait traverser un terrain appartenant aux Alimbau, les riches du village, qui ne voulaient pas en entendre parler. Jaume avait dit qu'il faudrait porter l'affaire en justice, s'il n'y avait pas d'autre moyen.

L'eau fraîche jaillissait de la source du haut, coulant d'un bout à l'autre des prés, et l'eau remplissait les éviers et le lavoir pour laver le linge.

Après avoir terminé le vin et le saucisson sec qu'on avait commandés, on avait marché sans se presser en direction de la maison. L'air commençait à fraîchir et il faudrait prendre une veste si on allait au bal du soir.

C'ÉTAIT DIFFICILE DE VOIR JAUME tous ces jours-ci. Il avait été choisi comme juge de paix et il disait que c'était le moment d'amener l'eau à Sarri-le-Haut.

Il s'était engagé dans la gauche républicaine, à Esquerra Republicana, le parti du gouvernement de la Généralité de Catalogne ; depuis Barcelone, ce gouvernement traitait avec celui de Madrid. Son président, natif de Lleida, s'appelait Lluís Companys ; c'était un homme qui aimait les travailleurs, et surtout ceux de la terre. Comme nous, disait Jaume. Quand je l'écoutais, tout paraissait simple, mais j'étais surprise qu'il se soit engagé et j'avoue que ça m'inquiétait. Et si le père Miquel avait raison pour une fois et que Jaume aille au-devant des problèmes en voulant arranger ce qui ne pouvait pas l'être… Je n'avais pas répondu à toutes ses explications et, me voyant un peu fâchée, il avait dit : ne te fais pas de souci, je fais tout ça pour que ça aille mieux. Pour finir, il avait proposé : cet après-midi, comme on va faner l'herbe du pré Solau, on pourrait en profiter pour pêcher dans la rivière.

L'ombre rapide des truites glissait sous les rochers. Maligne comme un singe, Elvira avait appris à pêcher à la main et elle n'en laissait pas échapper beaucoup. Et sans mauvais tours encore, comme quand on agitait l'eau avec de la molène avant ; au bout d'un moment, les truites se laissaient attraper, même si on y allait à l'aveuglette. Cette lutte n'est pas loyale, ni satisfaisante, disait Elvira. C'est un piège.

Cet après-midi-là, on avait pêché huit truites. C'était suffisant. Des écailles gris foncé avec des petits points noir argenté sur le ventre. Cuites sur la pierre avec des morceaux de lard, c'était tellement bon ! La tante descendrait la salade, le confit, le pain et la gourde.

Tandis que les autres finissaient de faner, Angeleta m'avait accompagnée chercher du sainfoin pour les lapins. Pendant qu'on le ramassait, la fillette avait trouvé des fraises des bois ; concentrée pour les cueillir, elle fronçait son petit nez et sa bouche. Les fruits étaient minuscules, rouges, parfumés, sur le point de s'écraser si on les attrapait trop fort. Les petits yeux vifs d'Angeleta, couleur de miel eux aussi, et sa voix gaie : mère, j'en trouve plein ici !

LES ANGES DE L'ÉGLISE DE PALLARÈS n'avaient pas d'yeux sur les ailes. J'étais un peu gourde en matière de religion, je dois dire, et lorsque le père Miquel se mettait à parler, je perdais le fil. Il commençait par un bout et il bavardait longtemps avant de faire une pause. Quand il arrivait à l'autre bout, ça faisait un bon moment que je m'étais échappée, volant à la maison, dans les prés ou, plus loin encore, à l'Ermita, où les yeux des anges me fixaient pour que je leur dise si j'avais vraiment été sage.

Ce dimanche-là, pourtant, le sermon du père Miquel était plus terre à terre, et quand il s'était mis à parler des hommes du village, je m'étais accrochée à ses paroles comme à la bride d'un cheval. Il disait que les choses que Dieu avait créées comme ça, on ne pouvait pas les changer ; que de plus en plus, l'homme voulait se sentir supérieur et qu'il agissait sans se demander s'il brisait l'ordonnancement de Notre-Seigneur, qui avait dit qu'on devait faire les choses de cette manière et ne rien y changer. Le mot « s'écouler » m'avait fait penser à l'eau de Sarri, mais non, il ne pouvait pas faire allusion à ça. J'avais continué à écouter qu'il existait un ordre établi qu'il fallait accepter, comme quand on naît riche ou pauvre, en bonne santé ou malade. Qu'aux yeux de Dieu, nous étions tous égaux à l'heure de la mort. Et que c'était ce qui comptait. Que depuis un moment, à tellement parler de liberté et de justice, les hommes perturbaient tout, et ils étaient perturbés eux aussi et ils prenaient le risque de se condamner pour l'éternité. Sur le premier banc, tout près de la chaire, la vieille Sebastià faisait oui de la tête comme si elle était d'accord avec tout. Pour finir, le curé s'était adressé à nous, les femmes, et il avait dit qu'on devait guider nos hommes vers Dieu et leur montrer le droit chemin quand on les voyait perdus. Si on ne le faisait pas, le châtiment divin retomberait sur toute la famille.

Quand il avait enfin terminé son sermon, la tante m'avait donné un coup de coude et son regard complice avait croisé le mien. En sortant, elle m'avait dit que le père Miquel avait toujours été le lèche-cul des riches et que maintenant les riches le poussaient à se mêler de ce qui ne le regardait pas. J'avais compris que ce sermon n'avait rien à voir avec moi. La tante n'avait pas sa langue dans sa poche et ses remarques m'encourageaient à oublier le torrent de paroles du curé, car c'était ce que je souhaitais. J'avais assez à penser avec tout le travail de la maison et mon ventre qui, à ce moment précis, à la sortie de l'église, attirait les conversations, les paroles aimables et aussi les regards en coin, comme un appeau.

Les filles étaient contentes d'attendre un petit frère, ça les avait rapprochées, une lui tricotait des chaussons et l'autre lui cousait une blouse, la petite chemise du plus fin coton. Je me sentais lourde, des jambes surtout, et la journée me paraissait longue, même si Elvira m'aidait courageusement. Si c'était un garçon, Jaume lui avait choisi un nom. Il s'appellerait Mateu comme son père. Si c'était une fille, il voulait qu'elle se prénomme comme moi. Parfois, quand j'entendais le nom de Mateu, il me plaisait ; mais parfois, il sonnait un peu comme tuer. Pourtant j'avais souvent Mateu aux lèvres et je m'y habituais peu à peu. Et s'il ne voulait pas naître garçon ? Ce chacal de Soledat, la voisine, ne m'avait rien dit et ça me donnait de l'espoir.

J'AVAIS FAIT UN RÊVE. J'étais au bal, et lorsque la musique s'arrêtait, je regardais mon partenaire, et il n'avait pas de visage. J'étais certaine de danser avec Jaume, mais son visage s'effaçait. La place était remplie, mais tous les gens m'étaient étrangers. Je ne reconnaissais que Martí Sebastià qui jouait de la musique sur le toit. Il riait comme un fou, la sueur dégoulinait sur son visage et il montrait toutes ses dents. Je voulais détaler mais mes jambes ne bougeaient pas. Je sentais alors la petite main de Mateu qui me tirait, puis je me retrouvais dans l'escalier de la maison, toute seule. Je m'étais assise sur le lit, sur le point de crier.

Jaume était déjà levé, on y voyait à peine. Ce jour-là, il devait aller à Sarri, justement.

Dans mon rêve, Mateu était un peu plus grand qu'en réalité. Sa main, par contre, était très petite. Les yeux rivés sur le mur, échevelée, il me semblait la sentir encore, là, sur le lit.

Je m'étais levée d'un bond et j'avais commencé la journée avec énergie. Heureusement, ce n'était qu'un rêve ! Les tâches à accomplir ne me faisaient pas peur. Il fallait préparer les chambres pour les cousins de Barcelone. Ils n'arriveraient que quelques jours plus tard, mais depuis que la tante avait reçu la lettre, elle n'arrêtait pas. Tellement de choses à faire, ton homme qui n'est jamais à la maison et très bientôt elle sera pleine de gens.

Ils pensaient venir plus tôt, dans la deuxième quinzaine de juillet au lieu de la fin août. Ventura avait été malade et l'air de Barcelone ne lui réussissait pas.

On allait faire un grand ménage, Jaume repeindrait les murs en blanc et je préparerais les lits la veille du jour de la Vierge du Carmel.

C'était chaque année la même chose. On avait du mal à comprendre comment ce qui faisait tellement plaisir à la tante quand ils étaient présents, la rendait si désagréable avant. Plusieurs choses s'étaient accumulées cet été-là ; Jaume, très pris par le travail de son côté, et Elvira qui était entrée chez les Pujalt de Montsent au printemps. Elle y apprenait à s'occuper d'une grande maison, à préparer une cuisine plus délicate, et tous les après-midi, ils lui laissaient deux heures pour aller à la couture. La tante trouvait ça bien, mais d'un certain côté, elle le regrettait, même si Angeleta l'aidait beaucoup. Elle n'avait pas la même énergie qu'Elvira, mais elle était travailleuse et docile. Il fallait davantage la diriger. Il faut dire que très souvent elle en faisait déjà beaucoup en gardant le petit Mateu. Lave-le, habille-le, fais-le manger, surveille-le sur la place ; allez nourrir les lapins maintenant ; allez au potager cueillir des blettes. Plus tard, on ira aux champs avec la mère, on comptera les peupliers. On cueillera des fleurs de saponaire, de millepertuis, de cupidone bleue, des petites roses, et attention aux orties ! Non, tu ne peux pas encore prendre la faux. Il faut attendre de grandir, quand tu seras très grand et fort comme un bœuf. Maintenant, Angeleta mènera paître les vaches, toute seule, et la tante nous apportera le déjeuner vers midi. La soupe, une tranche de jambon et une salade. Tu ne peux pas encore boire du vin. Seulement de l'eau. On regardera si les noix ont grossi, si les noisettes poussent, et après je t'installerai sous le grand noyer pour que tu fasses un petit somme pendant que la mère finit son travail. Le père viendra plus tard, je pense.

Et voilà qu'ils lui avaient donné du travail chez August, au plus fort de l'été... Mais à ces familles, on ne dit pas non, elles ont l'air de te faire une faveur. Je dois y aller, moi aussi, chaque année au moment du cochon, pour faire le boudin, le chorizo, les saucisses, et c'est Conxa par-ci, Conxa par-là, doux comme des agneaux. Une fois la besogne terminée, ils font comme s'ils ne te connaissaient pas.

Soudain, on voit Delina qui s'arrête en remuant les bras comme une buse. Mateu rigole. Elle arrive, en sueur, rouge comme une pivoine. Elle parle. Je suis venue te dire qu'au marché, j'ai rencontré le vieux de chez

Sastre de Torve. Il m'a chargée de vous dire qu'ils avaient choisi votre Elvira pour leur aîné. Elle ajoute : c'est une bonne maison, ne réfléchissez pas trop. Je suis abattue. Elle n'a pas encore seize ans ! Et c'est Delina qui me conseille, elle qui sera bientôt gouvernante parce qu'elle ne s'est pas mariée.

Elle continue. Si ça vous va, vous pourriez vous mettre d'accord lundi prochain, au marché, pour qu'ils se rencontrent ; essaie de convaincre ton homme. Je file, on a une vache qui veut vêler…

Elle m'a plantée là, comme si elle m'avait flanqué une raclée. Je la vois se diriger très rapidement vers chez elle. Je songe à Elvira. Le temps passe peut-être un peu vite. À cet instant, mon rêve me revient en tête et je sens un frisson le long de ma colonne.

Barcelone, 20 juillet 1936

Madame Encarnación Martí

Chère cousine, et toute la famille,

J'espère que ces lignes vous trouveront en bonne santé, comme c'est notre cas pour le moment, grâce à Dieu.

Nous venons de recevoir votre lettre au sujet de notre arrivée chez vous, et nous avons pris la décision de vous informer que nous ne viendrons pas pour l'instant. Les nouvelles sur le soulèvement nous inquiètent et nous pensons que, face à une telle insécurité, il serait mieux d'attendre une situation plus tranquille pour nous absenter de la maison.

N'allez pas croire que la décision a été facile à prendre, Ventureta s'était faite à l'idée et elle ne cesse de pleurer et de dire qu'elle veut monter. Grâce à Dieu, elle va beaucoup mieux et de ce point de vue, ce n'est plus si nécessaire, mais croyez bien que nous le regrettons beaucoup, et ces journées tant attendues, les promenades et les excellents plats qu'on mange là-haut nous manqueront. Nous sommes désolés que Conxeta ait déjà préparé les chambres, mais nous devons nous résigner car telle doit être la volonté de Dieu.

Nous vous enverrons les pièces de tissus que nous avions achetées pour faire une robe aux fillettes. Fillettes, façon de parler, Elvira doit être une femme maintenant, et Angeleta aussi.

Nous espérons qu'il ne se passera rien pour le bien de tous, et pour que nous puissions venir en août.

Sans d'autre nouvelle à vous donner, nous vous embrassons tous, surtout Ventura et ma femme Elisa.

Votre cousin qui vous aime de tout cœur,

*Tomás Olivella**

Depuis la nouvelle du soulèvement d'un groupe de militaires en Afrique, tout allait de travers chez nous. Les cousins ne venaient pas. La tante était au lit, à plat à cause d'une indigestion et, entre le travail à l'extérieur et les déplacements à Sarri où l'eau venait d'être installée, Jaume ne rentrait même plus à la maison. Le père Miquel s'indignait en chaire et dans la rue, clamant qu'un tel désordre appelait l'ordre par la force et que cette République était un désastre. Le sermon durait plus longtemps que la messe ; on aurait dit que l'homme ne cherchait qu'à déverser sa colère, car c'était sans aucun rapport avec l'Évangile du jour. Je faisais des rêves malheureux presque toutes les nuits. Seuls les enfants continuaient de vivre comme d'habitude. Elvira était heureuse de servir à Montsent, elle y apprenait tant de choses, elle s'y sentait bien ; à la couture, elle savait désormais se faire une robe. Mateu, mince comme toujours, mais fort comme un roc. Angeleta m'aidait à tout et pour tout, la pauvre petite.

D'autres nouvelles arrivent au compte-gouttes. Dans le sud de l'Espagne, on se bat, il y a des morts. De l'autre côté, on parle d'atrocités à Barcelone. Les curés doivent se cacher. Le nôtre, on ne le voit plus depuis deux jours. À Sarri, un jeune prêtre, qui s'appelait aussi Miquel, a été retrouvé mort sur le bord de la route.

Les hommes du village ont sauvé l'église qui a failli être brûlée par un peloton de miliciens ; des voisins ont caché des statues et des vêtements liturgiques dans les maisons ou des cabanes. Je suis sortie sur le balcon avec Angeleta pour regarder le grand feu au milieu de la place. Les livres de messe et les confessionnaux s'y consumaient, la petite tremblait, alors nous sommes retournées à l'intérieur.

Jaume est exalté. Il répète que ce que le peuple a dit librement ne peut pas être anéanti comme ça, brutalement, pas même par les armes. Quel peuple ? Le peuple, ça veut dire les gens, tous les hommes et toutes les femmes qui vivent dans ce pays. Je sors exténuée de ce genre de conversation. Quand il ne parle pas, il vaut mieux ne pas lui poser de question. Aujourd'hui il s'en est pris à moi quand je lui ai dit qu'on nous demandait la petite. Comme si c'était de ma faute si un garçon veut épouser notre Elvira. Je l'ai pourtant assez répété, que c'est encore une enfant ; lui, il est fou de rage. C'est parce qu'elle est un fardeau. Un fardeau, ma fille ? Alors il s'en est pris aux autres. Il criait. Qu'est-ce qu'ils attendent d'une gamine de seize ans ? Ce monde est-il devenu fou ?

De grosses larmes roulent sur mes joues. Je sors de la pièce au prétexte d'aller laver le linge à la rivière. Je l'ai laissé avec le regard fixé sur la fenêtre.

TROISIÈME PARTIE

LE CAHOTEMENT M'ENGOURDISSAIT, mais j'étais bien réveillée. Maintenant, je ne rêvais plus. Entre Elvira d'un côté, Angeleta, de l'autre, et tout un tas de visages autour de moi. Des figures toutes étrangères, toutes silencieuses, le regard perdu dans leurs pensées. Non, ce n'était pas un rêve. C'était la réalité.

Ils avaient frappé à midi et ils avaient demandé « *l'épouse et les enfants de Jaime Camps** ». La tante avait répondu à tout avec aplomb. Moi, j'avais obéi, c'est tout. Je devais monter dans le camion avec mes enfants. On pouvait prendre un peu de nourriture pour la journée. Allez, on se dépêche ! Au dernier moment, la tante avait donné un matelas à Elvira. Je trouvais ça exagéré, mais je n'avais rien dit. Je regardais les armes et ces gars grands et forts qui, de leur côté, regardaient la grande du coin de l'œil. Je me contentais de suivre. La vieille de chez Jou était venue et elle avait imploré leur clémence, qu'ils laissent le petit avec sa grand-mère, il n'avait que six ans et il était malade. Ils l'avaient écartée du bras, mais ils n'avaient pas exigé l'enfant qui restait agrippé à la robe noire de la tante comme une feuille que le vent coince près d'un vieux tronc.

Tout ça sans rien savoir de lui, de Jaume. Lui, ils étaient venus le chercher au lever du jour. J'étais encore au lit, ainsi que les filles et le petit Mateu, ils n'avaient rien entendu je pense. Trois coups secs et forts contre la porte. *Famille...* suivi du nom complet, *juge de paix du village de Pallarès de la République, venez avec nous**. Pendant que je m'habillais à toute vitesse, je me disais que la pâtissière avait bien raison, la veille au soir. Pars, Jaume, crois-moi, pars. J'ai entendu qu'ils embarquent tous ceux qui se sont engagés d'une manière ou d'une autre. Depuis la mort du garde du pont d'Algorri, ils veulent se venger. Et Jaume : je n'ai rien fait mal et je n'ai à me cacher de rien.

Et voilà… Une étreinte, même pas peignée, au revoir, sans une larme sur le visage, mais comme si on m'avait arraché l'âme du corps. Et lui, simplement, restez tranquilles… ne faites rien. Le village paraissait désert, il n'y avait personne sur la place, mais soudain, Roseta de Sebastià avait passé la tête sur le balcon. Elle, elle n'avait pas peur du tout : elle avait gloussé quand ils étaient passés sous sa fenêtre. La gouvernante aussi avait ouvert les persiennes du balcon, mais elle regardait avec prudence, sans presque se laisser voir. J'en suis certaine : derrière chaque fenêtre, des yeux observaient.

En le voyant de dos, entre les deux gardes, il m'avait semblé plus petit que d'habitude. Alors tout à coup, j'avais couru derrière lui, ils n'avançaient pas vite. Les trois hommes donnaient l'impression de marcher sans vigueur, comme emportés par un vent d'ombres, vides, des carcasses seulement. Je les avais rapidement rejoints. J'avais dit, en regardant un des soldats : attendez, il n'a rien sur lui, en cas de besoin. Et me tournant vers Jaume : je vais te chercher de l'argent.

Un des gardes m'avait répondu : *ne vous inquiétez pas, madame, il n'en aura pas besoin**. Et ils s'étaient retournés l'un après l'autre, Jaume en dernier. Il devait encore avoir sur les lèvres le sourire qu'il m'avait adressé, et ils avaient continué d'avancer en ligne vers le fond de la place. En rentrant à la maison, l'âme transie, j'avais eu la sensation qu'on restait seuls dans le village, que les maisons s'étaient vidées comme par enchantement.

À PRÉSENT, dans le camion, Mundeta de Sarri s'approche de moi et je commence à reconnaître d'autres visages. Elle me dit qu'ils nous emmènent à Montsent, qu'est-ce qu'on va devenir ? Au matin, ils étaient venus chercher son fils, à elle aussi. Mundeta est une vieille femme, elle a les cheveux blancs et le regard fatigué. Il y a des gens de Torve, de Sant Damià, de nombreux villages de la région. Une femme se souvient de moi, à l'Ermita, et elle me dit que mon père se fait vieux mais qu'il va bien, mes frères et sœurs aussi. Je l'écoute comme on entend, à l'abri sous un grand toit, tomber la pluie qui ne mouille pas et n'éclabousse même pas. Et je m'en réjouis sans ressentir aucune joie.

Ils nous mettent dans la prison de Montsent. Je ne savais pas où elle se trouvait. Le pire est de ne rien savoir. Elvira se lève, elle parle même avec les geôliers. Ils sont jeunes pour la plupart, comme elle. Elle fait ce que je suis incapable de faire. Je me sens comme un caillou sur un tas de pierrailles. Si quelqu'un ou quelque chose réussit à le faire bouger, je glisserai avec les autres cailloux, vers le bas. Si rien ne se passe, je demeurerai immobile ici des jours et des jours…

Angeleta ne bouge pas non plus, blottie dans mes jupes. Il n'y a que des femmes et des enfants. Bien une quinzaine. On nous a toutes pris quelqu'un. Au début, personne ne parle. Puis une se lance, timidement. Dans notre zone, qui avait été prise par les nationaux, il y avait des familles qui voulaient passer de l'autre côté de la rivière, resté rouge, il suffisait de traverser le pont d'Algorri. Une fois le garde mort, le chemin était devenu libre, mais le *commandement** avait décrété que, pour chaque mort dans ses rangs, il ferait tuer trois hommes des villages.

Pour attraper les nôtres, ils disent qu'ils ont interrogé tous les riches de la vallée et qu'un curé a donné des noms, lui aussi. Maintenant, c'est une petite pluie qui me pénètre le corps jusqu'à la moelle ; on est à découvert. C'est un frisson féroce qui me déchire sans bruit. Sommes-nous si mauvais, mon Dieu, pour nous envoyer de telles souffrances ?

À la tombée de la nuit, ils nous distribuent une cuiller de panade sans une goutte d'huile, dans des écuelles. J'ai la gorge sèche et j'ai l'impression d'avaler une brosse. Angeleta a commencé à remuer, elle joue avec une fillette plus jeune. Elvira me parle, de temps à autre. Sa sérénité me tranquillise. Je crois qu'on va passer la nuit ici, me dit-elle.

VA-T-IL PLEUVOIR ? Par la grille, on voit un morceau de ciel au-dessus de nos têtes. Que c'est long d'attendre on ne sait quoi !

Je vois Elvira qui parle avec des soldats à la porte. Ils la font sortir. Aïe ! Qu'est-ce qui se passe ? On me regarde avec ressentiment ou commisération, je ne sais pas. Elle revient. Elle porte deux couvertures. Elle s'approche de moi. Elle a parlé à la tante. Le petit va bien, il est avec Delina. La tante a ajouté qu'elle est allée demander de l'aide dans la maison où elle travaillait, elle, Elvira, et au presbytère, et là où elle pense qu'ils peuvent faire quelque chose, mais elle n'a pas encore de réponse. Quel courage, pauvre femme…

Il est plus de midi et on ne nous a rien donné. Est-ce que ça veut dire qu'ils vont nous sortir d'ici ?

Je suis plus résignée. On doit en passer par là, mais qui sait si on sera bientôt tous ensemble, de nouveau, et si on se racontera tous ces tourments comme si l'eau avait coulé sous les ponts.

On est de nouveau dans le camion. Je pense que c'est le même que la veille. Elvira bavarde avec les soldats… Ils plaisantent. On redescend en direction de la plaine. Tout est tellement beau autour de nous qu'il paraît impossible que quelqu'un, aussi humble et pauvre soit-il, doive souffrir. On entend partout l'appel des champignons, des mousserons de printemps, la rivière brille à notre gauche, le soleil s'est enfin libéré des nuages et il est aussi éclatant qu'en été ; les pins, là-haut, les frênes et les peupliers au bord demeurent bien tranquilles. Nous sommes les seuls à avancer. Vers le bas, toujours. Il n'y a personne sur les chemins ni dans les villages par où on passe, à part des groupes de soldats armés comme ceux qui nous surveillent. Et nous autres, qui ne savons pas où nous allons. Se taire, c'est tout. Il nous reste encore un bout de pain. On le partage avec celles qui sont près de nous. Nous sommes toutes égales ici. Je recueille les miettes sur ma jupe, une par une ; c'est difficile, ça secoue ; je n'ai pas faim, mais j'ignore quand je goûterai à nouveau le pain fait à la maison…

Ils nous ont laissés arrêtés un bon moment. Je n'entends pas de quoi ils parlent entre eux. Elvira s'approche et me dit à l'oreille qu'on va à La Noguera, pour l'instant. On y passera certainement la nuit. Je la regarde et je la trouve belle comme un ange. Comme ça, pas lavée et pas peignée, aussi. Elle est celle qui ressemble le plus à son père… Ah, le pauvre, que fait-il ? Il pense sûrement beaucoup à nous.

Je n'étais jamais allée à La Noguera. C'est grand. C'est la capitale de la région. Là, les gens nous regardent de loin comme si on apportait la peste. Et on l'apporte : la peur, l'incertitude, la souffrance… Voilà qu'ils disent que la prison est pleine. On devra rester jusqu'au lendemain dans un local, au-dessus de la gare des autocars. Par chance, il y a de l'espace. On s'installe instinctivement les unes près des autres, pour se soutenir. On s'apprête à dérouler le matelas pour s'étendre. Mais qu'est-ce qui se passe ? Elvira se jette à mon cou et elle m'étreint si fort qu'elle manque m'étouffer. Et elle pleure, elle pleure sans s'arrêter... Je n'obtiens pas de réponses. Qu'est-ce que tu as ? Qu'est qui t'arrive, ma fille ? Lorsque je commence à lui dire tout bas : écoute, tout ça finira par passer, demain peut-être... elle me fait taire. Mère, mère, ce matin à l'aube, ils les ont tués, tous, près du pont. Un soldat me l'a dit, il est de Montsent et il me connaît, mais jusqu'à maintenant... La nouvelle se répand dans la salle et les cris et les larmes se mêlent aux noms et aux silences, et au bruit des personnes qui tombent par terre, à la frayeur des petits qui ne savent pas quoi faire. Un coup de hache me frappe en plein cœur, mais aucune larme ne coule, pas une goutte de sang, pas un cri ne sort. Je tiens mes deux filles chacune d'un côté, et leurs pleurs sont comme une eau qui ne peut laver ma blessure. Angeleta enfonce sa tête dans ma jupe et je peux caresser ses cheveux de la main droite. Une mèche s'entortille peu à peu autour de mes doigts et je pense au visage souriant de Jaume. Une jeune femme crie et s'arrache les cheveux. Elle finit par se rouler sur le sol, dans un bruit de râle. Je remarque enfin que mes joues se mouillent, doucement, et au lieu de pousser un cri, je ressens une douleur très forte dans la gorge, comme si on m'étranglait…

Un soldat entre, on dirait que ses yeux lui sortent de la tête, et il crie : *Silence ! Dormez !**

J'AVAIS TOUJOURS EU PEUR de la mort. De la mort à la maison. Devoir parler tout bas et voir le lendemain quelqu'un qui l'emportera pour toujours, les pieds devant, pour le mettre dans un trou. Sentir les embrassades de tout le monde, les fausses condoléances et des condoléances sincères, et voir les yeux aimés rougis. Et voilà que je n'avais même pas de mort et que j'avais encore plus peur, et que j'étais encore plus triste de ne pas voir son corps immobile et ses joues de cire, elles qui étaient comme la fleur de la grenade. J'avais le chagrin mais je n'avais pas de mort à qui fermer les yeux, à veiller, à qui acheter un cercueil, à aller voir sur sa tombe avec des fleurs fraîchement cueillies, à pleurer doucement et longuement. Ils l'avaient emporté comme un bouquet de roses et je n'avais pas de dernier souvenir, sauf l'éclat dans le regard d'un étrange adieu. Je savais qu'il était mort et que je ne l'aurais plus jamais près de moi, parce que la guerre, c'est la méchanceté se traînant sur la terre pour l'ensemencer de serpents et de feu et de couteaux à la lame dressée. Et moi, j'allais pieds nus, avec mes filles, sans rien d'autre que les yeux ouverts. Je n'avais même pas une tenue de deuil, parce que mon mort n'était pas comme les autres, c'était un assassiné qu'il faut oublier sur-le-champ et devant le nom duquel on doit fermer les paupières et toutes les bouches avec du ciment épais. Je savais qu'il était de ces morts-là parce qu'ils m'emmenaient en direction de l'Aragon dans le camion de la douleur. Parce que nous, les malheureux, il fallait nous éloigner de la seule chose qui nous restait, notre misère avec notre coin de ciel et notre vallée de larmes.

Quand j'avais compris que nous étions seuls comme un troupeau sans berger, avec le loup à l'affût peut-être, un grand sentiment d'abandon s'était emparé de moi, et ce qui me serrait le plus le cœur était que je ne me sentais plus la force d'être une mère. J'étais assommée, emmurée dans la tristesse, et comme je ne pouvais pas crier ni faire une folie, je voulais rester sans bouger, sans penser. Aveuglée par une douleur sans espoir. Les filles devaient vivre et moi, je voulais mourir, et il me semblait que si je demeurais bien tranquille avec cet enfer en moi, à la longue, je finirais par exploser et adieu Conxa. Mais je souffrais à l'idée d'abandonner les filles à leur sort, et quand Elvira m'avait ordonné de manger, ce que je refusais depuis deux jours, j'avais obéi. Quelle violence que ce pain descendant dans ma gorge qui ne laissait rien passer, comme un morceau de roseau où il reste un nœud pas étêté... Doucement, j'avais avalé sous le regard vigilant de ma fille aînée, les rôles échangés pour la première fois, avec ce désir si profond de crier : ça suffit !

LE BÂTIMENT SE TROUVAIT à côté d'un village qui devait être un peu plus petit que Montsent. Elvira s'était faite à cette vie. La jeunesse s'habitue à tout. Elle allait et venait, elle parlait à tout le monde, elle n'avait honte de rien. On nous appelait les rouges ; des hommes avaient été tués ici aussi, et d'autres étaient passés en France. Des familles entières même, à ce qu'on disait.

Un jour, une fille plus ou moins de son âge l'avait insultée parce que les rouges avaient tué son fiancé. Heureusement, un jeune Aragonais l'accompagnait et il l'avait défendue. Certains auraient voulu qu'en plus de tout notre chagrin, on soit les méchants.

Pourquoi les pierres foncent-elles sur le tas de cailloux ?

On dormait à six sur notre matelas, en travers. Il y avait des poux et on avait beau se laver minutieusement, on ne pouvait pas y échapper. On mangeait mal, mais ils ne nous affamaient pas. On travaillait : au nettoyage, à l'infirmerie, à la couture… Il y avait plein de soldats italiens. Ils nous faisaient peur, on les fuyait autant qu'on pouvait. Les journées ressemblaient à la menace d'une pierre tombale qui planait sur mon cœur. Les larmes qui coulaient sans frein s'étaient asséchées, tout ce que je vivais me paraissait un cauchemar qui finirait un jour ou l'autre. Je croyais discerner l'espoir derrière ce mauvais rêve. Rentrer à la maison. C'était peut-être un mensonge ; ils ne les avaient pas tués, lui, lui, lui… c'était impossible. Ils étaient peut-être en prison, ou évacués comme nous. Qu'est-ce qu'il en savait, le soldat ? Je ne disais rien de tout cela aux filles. Je le gardais comme un secret qui, bientôt, une fois réalisé, les remplirait de joie. Le silence me calmait et il me donnait des forces. Me taire, rêver la chance de chaque heure de chaque jour, n'importe lequel. Des moyens et des mauvais. De celui où un éclair tuait une vache et on en était très malheureux, et de celui où tout paraissait trouver sa place. Le foin dans la grange, les poules au perchoir, les vaches tranquilles à l'étable, et nous tous à table en train de dîner. Je ne disais rien aux filles, surtout. Elles avaient besoin d'aller de l'avant. Ce qui nous était arrivé était un gros coup pour elles, mais elles ne devaient pas y penser. Il fallait qu'elles continuent. Elles ne pouvaient pas revenir en arrière, à l'espérance que ce n'était peut-être pas vrai... En revanche, moi, j'avais besoin de faire marche arrière, simplement pour respirer.

On ne nous disait rien. Combien de temps allaient-ils nous garder ici ? Qu'est-ce qu'on faisait là ? À quoi leur servaient des femmes et des enfants ici ? On comprenait à peine les ordres qu'ils nous donnaient...

La terre avait l'air bonne. L'eau ne coulait pas en abondance comme dans nos villages, ça, non. On était plus bas et il faisait plus chaud. Mais avant, les gens devaient bien vivre ici, parce que, dans ces temps-là, ils ne menaient pas non plus une vie normale. Que des soldats, ici et là, des ordres, des cris et le silence.

Ils nous faisaient prier le matin et le soir. Je ne connaissais pas les prières en espagnol, et je faisais semblant en remuant les lèvres. Je ne voulais pas en apprendre des nouvelles. En moi-même, je priais Dieu et je lui parlais beaucoup et longuement. Je lui racontais tout et je lui demandais de faire que tout ceci ne soit pas vrai. Mais toujours en moi-même. Comme deux amis qui se connaissent bien et qui se disent tout par le regard. Pas besoin d'ouvrir la bouche, il suffit de commencer par un bout du chagrin et de tirer petit à petit, comme on le fait avec la laine de l'écheveau, et laisser filer, filer... jusqu'à ce qu'on ne voie plus la couleur à cause des yeux noyés de larmes, mais on ne pleure pas à l'extérieur, c'est la laine qui est devenue un voile liquide qui glisse sur les joues, et alors qu'on va laisser échapper un sanglot, on sent qu'on n'est pas seul et on a un nœud dans la gorge, et cette douleur si forte s'est calmée. Finalement, en avalant petit à petit, le nœud de laine s'est déchiré, l'écheveau est resté d'un côté et un morceau de chagrin de l'autre, qui est descendu droit dans le ventre, avec les nœuds et tout.

QUAND ILS ÉTAIENT ENTRÉS dans Barcelone, quelqu'un avait dû dire qu'on pouvait nous renvoyer chez nous. On était restés là cinq semaines et demie, et en arrivant à la petite chapelle de Sant Josep, ce qui voulait dire qu'on était aux environs de Pallarès, j'avais les jambes qui tremblaient.

Avant, à Montsent, on nous avait fait entrer dans le bureau d'un lieutenant-colonel. Quatre par quatre. On était entrées toutes les trois avec Mundeta, qui pendant tout ce temps avait été comme un membre de la famille. Ils nous avaient fait rester debout, assez loin du bureau. Un soldat surveillait la porte fermée. Il nous avait demandé nos noms, et après il avait parlé tout seul. *Ce pays en a fini avec la honte. Grâce à Dieu, nous sommes sauvés. Nous espérons qu'à partir de maintenant votre conduite sera sans tache. Si vous êtes de bonnes Espagnoles, vous n'avez rien à craindre. Maintenant, partez et rappelez-vous ce que je vous ai dit**. Sa moustache noire très épaisse détonnait sous son nez trop petit. Je ne me souviens plus de ses yeux. Je l'avais regardé rapidement en entrant ; après, pendant qu'il parlait, je fixais une fronce de ma jupe qui se décousait de plus en plus, et mes espadrilles d'où sortaient mes doigts de pieds. Ils faisaient tout pour nous faire croire que c'était nous, les méchantes ; ils répétaient toujours la même rengaine et je tremblais pour mes filles. On était restées muettes, et quand Mundeta avait semblé vouloir ouvrir la bouche, je lui avais serré la main bien fort, et heureusement à ce moment-là le soldat nous ouvrait la porte.

On avait fait le chemin de Montsent à la maison à pied, comme si c'était la première fois qu'on le voyait. La viorne bourgeonnait partout. Elle s'enroulait autour des ronciers sans craindre les piqûres. Viorne blanche. Viorne fragile mais forte. Viorne pour lier les gerbes. Viorne pour faire des cordes à sauter pour les gamins. J'avais arraché un brin fleuri de millepertuis et son odeur très douce m'avait procuré une joie qui avait fini en larmes, et au milieu du chemin, toutes les trois enlacées, on n'arrêtait pas de pleurer, l'une entraînant l'autre. J'avais cru entendre un bruit et j'avais dit : ça suffit, ils sont peut-être au courant qu'on revient chez nous. Je sentais la chaleur me monter aux joues pendant qu'on longeait les premières maisons du village. Cette fois non plus, personne ne se montrait.

La nuit commençait à tomber. L'heure de rentrer les vaches à l'étable. De préparer le dîner. De bavarder à la fontaine pour raconter ceci ou cela, mais seulement en coup de vent, le temps de réciter un *Notre-Père* !

Du côté de l'abreuvoir, j'avais vu apparaître une femme, c'était Delina, elle se précipitait vers moi et elle se jetait dans mes bras. Elle répétait : quel malheur, Conxa… J'avais compris que le rêve se terminait, tout était vrai, je m'étais séparée d'elle doucement en direction de la maison, à grands pas. La porte à peine franchie, le petit Mateu s'était agrippé à mes jambes et les filles étaient tombées dans les bras de la tante. Je la voyais pleurer pour la deuxième fois…

Ensuite, traîner le matelas jusqu'à la salle et s'asseoir sur le banc avec le petit dans mes jupes, laisser Elvira et Angeleta raconter tout, dans le désordre, et la tante poser des questions, et encore des questions, sans rien conter en retour.

Et savoir avec certitude que Jaume n'était plus Jaume. Qu'il s'était évanoui comme un coup de vent et que je ne me sentais plus le courage de respirer, de faire et d'être comme avant. J'avais une main posée sur la table qu'il avait faite et je désirais que le bois me déchire tout entière pour qu'il ne reste aucune trace de moi.

EN FAISANT LE TOUR DE LA MAISON, ma plus grande surprise avait été de voir des toiles d'araignées partout. J'avais compris que la tante était vraiment devenue vieille. À la cuisine, dans le recoin du plafond, on apercevait un duvet sombre, comme une moucharde. En entrant dans notre chambre, ma chambre, et en m'approchant de la tête de lit, des petits bras se collaient aux miens. C'était les longues toiles d'araignées qui surveillaient le lit fait...

Sur le seuil de la chambre, je pensais que vous n'étiez plus là, m'avait avoué la tante. Je me mettais à trembler de chagrin et de rage.

Je n'avais pas le courage de faire trois pas à l'intérieur.

Je m'étais mise à enlever les toiles avec un balai et les araignées s'échappaient souvent dans un affolement dû à la surprise. Je les écrasais immédiatement de la tête du balai, une fois ou deux de toutes mes forces, jusqu'à ce que rien ne bouge dessous, comme si l'araignée n'avait été qu'une vision évanouie. Je me remettais à penser que la mort de Jaume n'était peut-être pas réelle et que, lorsqu'il reviendrait à la maison, j'entendrais sa voix dans l'escalier qui disait : qu'est-ce qu'on mange aujourd'hui, dans cette maison ?

Mais après avoir tué un certain nombre d'araignées, j'étais allée à l'arrière de la grange dépoussiérer le balai contre le mur aux pierres saillantes qui faisaient sortir toute la poussière, et les larmes avaient jailli, très chaudes, sans que je sache comment, et même si j'étais seule, j'avais encore essayé de les arrêter. C'est parce que je savais désormais que je n'entendrais plus jamais la voix qui m'avait dit les plus jolis mots de ma vie. J'avais trente-sept ans, et j'en étais tout à fait certaine. Mateu était arrivé avec un lapereau dans les bras ; il disait que c'était le sien et que celui-là, on ne le tuerait pas pour le manger. J'en avais laissé tomber le balai et je l'avais serré si fort dans mes bras que le petit avait été effrayé, parce qu'en plus je sanglotais désespérément, et devant un tel élan du corps, le lapereau s'était échappé d'un bond et l'enfant s'était détaché de moi pour courir à toute vitesse derrière lui.

Ce grand ménage avait été mémorable. Je ne voulais pas manquer le moindre recoin, comme si j'avais peur que les poux des évacuées aient pu sauter sur les murs. J'avais l'impression que la nuit, des yeux, même minuscules, pouvaient espionner notre sommeil.

Je m'étais fâchée avec les filles parce qu'elles voulaient se laver seulement en partie, et j'avais élevé la voix en disant qu'il fallait plus qu'un petit rinçage après ce qu'on avait vécu. Elles me regardaient, les yeux ronds comme des billes, mais la surprise avait cédé la place à la compassion. Elles avaient fini par dire oui à tout et j'avais failli m'avouer vaincue et répondre que c'était égal.

Je m'étais soumise moi aussi à cette toilette des pieds à la tête, comme si on m'avait sali le corps de sang, de peur et de misère, et qu'une fois ce bain terminé, il ne devait plus rien en rester. À ce moment-là, j'avais l'air de ne pas comprendre que le mal n'était pas sur ma peau, sur mes cheveux ou sous mes ongles. En voyant mon corps si mince, mes petits seins aux tétons recroquevillés, j'avais eu une pensée très égoïste ; je ne ressentirais plus jamais de joie et de plaisir dans ce corps. Nous, les humains, on est bien peu de chose, et on se prend souvent pour le nombril du monde.

Le grand nettoyage et le chambardement terminés, la tante ne m'avait plus laissé prendre d'autres initiatives, et je ne le souhaitais pas non plus. J'étais vidée. J'étais une autre Conxa, je le savais, comme si en un mois et demi j'avais vécu un paquet d'années.

QUAND QUELQU'UN PARLAIT de la guerre et que j'étais là, on s'attendait toujours à ce que j'intervienne ; je ne leur avais jamais offert ce plaisir. Mais s'ils se taisaient brusquement, je sentais la chaleur me monter aux joues, comme quand on a honte. Si Soledat, la voisine, était là, elle ne se privait pas de suggérer qu'on me demande comment on en avait bavé pendant la guerre.

Pourquoi les gens s'obstinaient-ils à nous gâcher la vie ? Depuis le premier jour de notre retour, nous, les évacuées, et au prétexte de s'inquiéter de notre sort, ils défilaient chez nous – aujourd'hui un, après-demain un autre, qui disait savoir qui était à l'origine de la mort de Jaume. Il accusait quelqu'un de notre village, souvent un voisin, et il partait très content de lui. Je supportais ces dénonciations la gorge serrée, sans oser dire je ne veux pas le savoir, avec de la patience à revendre quand je devinais de la bonne foi chez celui que j'avais en face de moi.

On s'était retrouvées sans un sou. Elvira, la véritable cheffe de la famille désormais, disait qu'on n'avait plus le choix, il fallait réclamer l'argent dû à son père pour les heures travaillées avant la tragédie. Je serrais les dents pour défendre ma fille et je l'accompagnais, mais c'était Elvira qui prononçait les paroles déterminantes. Pour demander, elle ne comptait déjà plus sur moi, tellement consumée par le chagrin et en grand deuil. Quand ce n'étaient pas des plaintes, les réponses étaient toujours des excuses de différentes sortes. Ils avaient tout perdu, ils s'étaient fait voler, ils n'avaient plus un radis. On n'avait pas récupéré un centime.

Un soir, on avait rendu visite aux parents de Jaume et on était allés dans la maison où il avait travaillé sur le toit, on ne savait pas combien de jours, juste avant d'être emmené. À peine les derniers mots entendus, comme des grains de raisin vert, on était sorties dans la rue et le cousin de Jaume, le cadet, m'avait mis dans la main en catimini un vieux cabas avec quelques oignons, que je n'avais même pas regardés. On avait fait un bon bout de chemin en silence et lorsque Elvira s'était rendu compte que je portais quelque chose, elle avait ouvert le cabas et elle avait vu les pauvres légumes, comme un cadeau rond emballé dans du papier de soie. Ça m'avait valu de sa part un flot de cris de colère. J'en avais été accablée, et à la fin, elle m'avait dit plus calmement : tu ne comprends pas, mère ? Ce sont tous des voleurs, tous ! Ce mot avait fini de m'assécher le cœur, déjà vidé de l'eau de l'espoir.

C'était une autre histoire lorsqu'ils venaient pour savoir comment on allait et voir si on vendrait nos meilleures terres, ce qui signifiait abandonner le bétail, ou si on pensait vendre quelques vaches quand le prix du lait montait. On refusait, sans aucune fierté, pour ne pas s'entendre lancer à la figure : Bien fait ! Vous l'avez bien mérité ! Il arrivait un moment où on ne savait plus si on affrontait un malheur ou le poids d'une faute, parce qu'ils avaient l'air d'attendre qu'on s'avoue vaincus, qu'on se montre repentants, inférieurs, et qu'on demande, nous, pauvres insignifiants, à être traités comme des gens normaux.

Cette situation faisait verser des torrents de larmes à Elvira. En fille aînée, c'était elle qui encaissait le plus. Un jour, elle avait été appelée avec d'autres jeunes filles pour aider en cuisine chez August. Ils possédaient un poste de radio et l'hymne national avait retenti. La vieille de chez August s'était levée précipitamment, toute droite, le bras tendu. Les filles avaient fait de même. À la fin, la vieille avait dit à la nôtre, devant tout le monde : Elvira, tu levais le bras sans beaucoup d'entrain, qu'est-ce qui t'arrive ? À partir de là, ma fille n'avait plus jamais voulu y retourner.

Seule Delina nous avait manifesté de la compassion. Elle n'était pas venue raconter quoi que ce soit. Elle passait quand elle pouvait, et si j'étais en train de repriser, elle m'aidait à repriser. Si je pétrissais, on pétrissait ensemble, et il nous arrivait de ne pas échanger un mot pendant tout ce temps. Sa compagnie m'était douce pour cette raison exactement. Elle en savait autant que les autres, mais elle n'avait jamais laissé échapper aucune accusation contre quelqu'un en particulier. Elle se contentait de dire, de manière générale : il y a des gens méchants qui ne pardonnent pas, Conxa.

Il y avait beaucoup de travail et peu à manger. On s'en tirait à grand-peine. La tante dirigeait la maison et Elvira tenait la barre pour les travaux des champs, j'en étais incapable. On en mettait toutes un gros coup, et ensemble on avait traversé les périodes les plus sombres.

Les jours se succédaient en un long rosaire sans mystères. Certains passaient vite ; d'autres, lentement, mais si on les comptait, on en avait déjà fait une bonne brassée.

LE TEMPS S'ÉTAIT ÉCOULÉ. Les garçons qui tournaient autour d'Elvira ne lui plaisaient pas. Au village, il avait été difficile de briser la glace, mais petit à petit, et souvent en cachette, les propositions de mariage avaient commencé à arriver. C'est qu'ils l'avaient vue travailler ! Comme un homme, au moment de faucher ou de ramasser le foin, et au besoin, elle faisait ce qu'il fallait.

Un soir, à la fin du dîner, elle avait dit qu'elle voulait se marier en dehors du village et renoncer à son droit d'aînesse sur la terre. La tante lui avait prédit toutes sortes de calamités. Elle aurait faim, l'homme qui ne vit que d'un salaire est perdu, on la reverrait bientôt à pied sur la route qui monte vers la maison pour se remplir la panse. Elle laissait dire, le visage serein. Je n'avais pas le cœur à lui briser son projet, mais j'étais incapable de contredire la tante. Je me taisais, et je me le reprochais à moi-même, en silence, je crois qu'elle attendait que je prenne sa défense. Angeleta s'était avisée de plaisanter sur le sujet et Elvira était entrée dans une grande colère. Mateu avait neuf ans. Il commençait à aider mais il n'osait pas ouvrir la bouche parce qu'il savait de quoi il retournait. Depuis qu'il était tout petit, c'était Elvira qui le lavait, lui faisait la raie et l'enguirlandait quand il se salissait. Tout le monde mettait son grain de sel dans cette conversation !

Je repensais à tout cela en menant les bêtes au pré. C'était la tâche qui me plaisait le plus. Je passais des heures seule avec les bêtes et j'avais le temps de me perdre dans le souvenir du présent et du passé. Un peuplier qui perdait ses feuilles me ramenait aux temps de l'Ermita ou aux premiers moments chez l'oncle et la tante. Je perdais la notion du temps et de l'espace, et quand il fallait appeler la Fosca ou la Clapada pour les sortir d'un mauvais pas, je ne savais plus où j'étais. C'étaient les bons moments de la journée. Quand je rentrais avec les bêtes qui balançaient leur queue contre les mouches, j'étais réconfortée.

Le lendemain du jour où Elvira nous avait fait savoir qu'elle épouserait un garçon qui travaillait à l'élagage et qu'ils iraient vivre à La Noguera, sur le chemin du retour à la maison, je m'étais dit qu'ils n'avaient plus besoin de moi. C'était comme un rayon de soleil qui filtrait derrière les branches et m'avait aveuglée.

Ils n'étaient pas encore mariés mais ils le seraient. Et c'était très bien. Angeleta aussi se marierait. Elle était tranquille, travailleuse et agréable, tout à la fois, c'était trop pour passer inaperçue. En plus, elle était jolie. Quant à Mateu, il avait la tante, elle lui apprendrait tout. Elle serait une mère pour lui. Et à quinze ans, il serait un jeune héritier. Dès que cette pensée me traversait l'esprit, je sentais une lame aiguisée me transpercer. Malgré la douleur, je me répétais : ils n'ont plus besoin de moi.

Je n'y repensai plus jusqu'à la première soirée de la *festa major.* De mon lit, j'entendais la musique de la fête, faiblement, au loin. Comme un oiseau attiré par un appeau, je m'étais levée, j'avais passé ma robe noire et j'étais montée lentement mais d'un pas décidé tout en haut de la maison. Sous le toit, dans un coin, se trouvait le berceau en bois où mes trois enfants avaient dormi, et que leur père avait fabriqué. Simple. Avec seulement sur les côtés un liseré en zigzag. J'avais aussi vu l'armoire avec ses outils. Je ne m'étais pas arrêtée. J'avais ouvert la fenêtre et passé la tête. Le bruit de la rivière m'avait envahie avec une odeur de branches vertes et tendres. Elle coulait très en contrebas, mais on l'entendait fort et elle me paraissait beaucoup plus accueillante que l'enfer de mon lit. J'avais tiré le berceau, légèrement, et je l'avais retourné sous la fenêtre. Au moment où j'allais lever le pied droit pour monter dessus, j'avais entendu un petit bruit près de moi. La tante me regardait avec de grands yeux. Elle m'avait dit : tu n'arrives pas à dormir, ma fille ? Elle avait passé son bras droit derrière mon dos et comme ça, tout contre son corps menu mais ferme, j'étais redescendue dans ma chambre sans un mot.

LA GRANDE AVAIT ÉTÉ CHANCEUSE. Elle avait un enfant resplendissant, et ce n'était pas elle qui venait nous voir pour manger à sa faim, c'est nous qui devions lui demander de nous aider l'été. Angeleta ne pouvait pas le faire parce qu'elle avait épousé un homme de la terre et qu'elle avait déjà assez à faire chez lui. Il ne nous restait qu'à marier notre garçon, et même s'il était encore jeune, on commençait à s'impatienter la tante et moi parce qu'il n'avait pas l'air d'y mettre une grande énergie. Il était travailleur et habile comme son père. D'un caractère doux, il criait peu et commandait encore moins. Il était sage et gai. Joli à voir.

Grand, un peu trop mince ; des cheveux frisés, châtains, et de grands yeux placides, un long nez et une bouche fine.

Mais c'était une époque où les filles à marier y réfléchissaient à deux fois avant de s'installer dans une ferme. J'avais dit à Elvira et Angeleta de se renseigner pour lui trouver une promise à La Noguera ou à Torrent. Je pensais : tu le perdras. Mais il lui fallait une femme et des enfants pour faire marcher la maison. Que ferait-il avec deux vieilles femmes ?

Toutes ces idées se bousculaient dans ma tête et la tante est morte. Un matin, étonnés de ne pas la voir déjà debout, on l'avait trouvée dans son lit comme un moineau ramassé sur lui-même. Elle était partie sans donner de mal à personne, même pas celui de lui préparer une tisane. S'il n'y avait pas eu Mateu, sa mort m'aurait laissée totalement désemparée. Son petit visage ridé, édenté les dernières années, et plus que tout, sa voix, m'accompagneraient tendrement durant de nombreuses nuits. Pour garder son souvenir comme si elle était là, près de moi, j'avais la photographie prise par mon gendre de

La Noguera, en cachette, parce qu'elle ne se laissait jamais photographier. Assise sur l'herbe, la charrette remplie de foin devant, elle se tourne vers mon petit-fils, Ramon, qui l'écoute, pas loin. Elle porte le foulard noir très bas sur le front et on ne distingue pas bien son visage.

J'étais seule à la maison désormais et marier Mateu ne pouvait plus attendre. S'il m'arrivait quelque chose, mon fils devrait tout laisser en plan pour m'aider. Et qui s'occuperait de lui ?

Je n'avais pas été tranquille jusqu'au jour où il était parti à Torrent voir sa sœur et rencontrer une jeune fille. On nous avait recommandé quelqu'un de là-bas. La dernière d'une fratrie de quatre enfants, filles et garçons, mariés sauf le deuxième et elle. Ni pauvres ni riches, ils vivaient du bétail, du lait et de la chasse. Le père était chasseur d'isards. On disait qu'elle était bien formée aux tâches domestiques et des champs et que, en plus de savoir coudre, elle savait les quatre règles.

Seule à la maison, j'avais réfléchi et réfléchi encore toute la journée. Il allait bientôt être l'heure de la traite ; assise près de la fenêtre, j'entendais la Clapada qui s'impatientait dans l'étable. Mais il faisait encore jour et je voulais terminer de rapiécer un drap. Une jeune femme allait entrer dans cette maison dont elle ne connaissait aucune pièce et dont elle serait la maîtresse. Je lui laisserais les clés de toutes les portes pour que ces murs qui avaient entendu la voix de tant de gens tremblent à nouveau de joie. Des chansons, des pleurs d'enfant, des bruits de vaisselle : tout un élan de vie qui mettrait de la couleur sur les ombres.

Cette pensée joyeuse avait fait couler en moi quelques larmes tendres que je ne voulais pas m'expliquer. Je ne voyais pas ce que je cousais. Il faisait sombre. Il fallait traire et c'était tout. Inutile de mettre la table ni de préparer le repas du lendemain.

D'après les souvenirs que je garde aujourd'hui, cette soirée avait préparé, je pense, le commencement d'une nouvelle époque de ma vie.

Le jour des noces de Mateu, moi, j'avais souffert. On les avait célébrées à Torrent. Avec les filles, les deux gendres et les trois petits-enfants, Ramon et Rita d'Elvira, et Agustí d'Angeleta. J'étais bien accompagnée, mais je ne pouvais pas arrêter mes pensées qui s'échappaient droit sur Pallarès, en bas, à ce jour où on s'était mariés, Jaume et moi. Je voulais freiner ce souvenir mais il m'emplissait les yeux de larmes, comme si j'assistais à un enterrement. C'était peut-être pour ça que la jeune fille se tenait loin de moi, intimidée, comme si elle avait peur de m'adresser la parole.

Tout s'était bien passé. Un bon repas, des plaisanteries et des rires, et moi qui essayais de reprendre pied. Il me semblait impossible que ces femmes avec enfants et cet homme qui se mariait ce jour-là soient mes enfants. Comme le temps passe ! Je devais être une femme âgée, une vieille même. J'y pensai alors pour la première fois. Les années d'après-guerre constituaient un point fixe, stable, inchangé. J'étais restée figée au matin où les gardes avaient frappé à la porte, à moins que je me sois perdue dans le refuge aragonais. Il me paraissait étrange que mes enfants aient grandi et que j'aie vieilli, que je sois devenue une vieille femme lente qui ne faisait pas de bruit. Soudain je me rendais compte que l'heure de mourir devait enfin approcher, parce que j'avais plus de cinquante ans et que je n'attendais rien du présent ni du futur.

Mais on ne décide pas soi-même de sa vie. Maintenant j'ai assez vécu, maintenant je m'en vais. Maintenant je suis heureuse et je veux plus de jours encore pour pouvoir les vivre. Je connaissais suffisamment l'histoire, mais je ne la comprenais pas encore très bien.

C'est drôle de penser cela, à présent. Il aura fallu que je vive encore trente ans et, bien qu'inutile, je respire encore.

La partition n'était pas terminée, non, la chanson continuait. Quelques bonnes choses : savoir que les petits-enfants grandissaient bien, les voir une ou deux fois l'an, accompagner la naissance des autres, penser qu'on ne manquerait de rien si on travaillait, laisser le temps atténuer les mauvais souvenirs…

Et à côté de cela, le plus profond silence. Apprendre qu'il existe une sorte de personnes, élevées de façon autoritaire, qui ne respecte rien si on ne leur donne pas des ordres. J'avais vu Mateu changer ; de tranquille et gai, il était devenu avide et rude. Se marier de la sorte, par convenance, pouvait avoir de telles conséquences, ne se tromper sur rien, sauf sur le caractère. Que sont les premières entrevues ? Un moment dans une salle à manger où on parle de la dot, où on sort un des meilleurs saucissons et où on sert un *porró* de bon vin. Pour finir, le couple, seul à seul, échange deux mots, empli de timidité et de maladresse.

C'est un achat comme un autre où se mélangent des articles qui ne se pèsent pas. Une personne est à la fois trop pour être achetée et trop peu pour vivre heureuse…

J'avais contribué plus que quiconque à ce mariage, et on dit qu'on est puni par où on a péché. Je l'ai été, je le jure.

LES CHOSES N'ÉTAIENT PAS FACILES pour eux. Lluïsa avait gardé de son premier accouchement à la clinique de La Noguera une santé un peu délicate et, de ce moment, elle s'était toujours plainte. Mateu, qui, en presque trente ans, n'avait presque jamais bougé de chez lui, avait dû le faire tous les quatre matins. D'abord à La Noguera, très souvent. Pour prendre l'avis des médecins. Plus tard, ils les avaient envoyés à Lleida et ensuite à Barcelone.

Des consultations, des voyages et des remèdes qui coûtaient beaucoup de pesetas. Des journées entières où les champs étaient laissés à l'abandon alors que le travail était urgent. Empressement, contrariété… Je faisais ce que je pouvais. Je m'occupais du petit, des bêtes, du potager, des volailles, mais dans les champs, je ne pouvais pas.

Je me rappelle cette période d'attente. Je savais qu'elle nous apporterait des changements. Parce que mon rêve n'était pas devenu réalité. La maison était plus remplie, mais moins joyeuse. Il y était entré une tristesse qu'on ne connaissait pas avant, celle de la personne toujours patraque. À part les maladies des enfants, un rhume ou un mal de dos, on n'avait eu que des maladies courtes. L'oncle avait été vraiment malade, mais c'était un homme endurant, convaincu, vu son âge, que son heure était venue de quitter ce monde, et qui n'aspirait pas particulièrement à guérir.

Le petit Jaume aurait occupé mes journées si j'avais su y faire, mais Lluïsa m'écartait de lui avec l'enthousiasme que ressent une mère pour élever son premier enfant. On ne s'entendait pas, elle et moi, et même quand j'essayais de faire les choses à sa manière, je n'y arrivais pas. Je crois que c'était un véritable supplice pour elle chaque fois qu'elle devait me confier le petit pour que je m'en occupe lorsqu'elle partait consulter le médecin. Je la comprenais, mais je n'osais pas le lui dire parce que je la trouvais très nerveuse et désagréable. Comme si les autres étaient responsables de ses maux.

Nous regardions la pluie derrière la fenêtre, les grands yeux de l'enfant se tournaient vers moi quand je commençais à lui raconter une histoire. Les petites gouttes continuaient de couler sur la vitre et il ne se lassait pas d'écouter, patient. À l'heure du repas, c'était toujours la même chose : il goûtait quelques cuillerées, puis il n'y avait plus moyen de lui en faire avaler davantage. Je pensais que la mauvaise ambiance qui régnait dans la maison devait lui ôter l'appétit, mais je me serais laissé couper la langue plutôt que de le dire.

Cet après-midi pluvieux demeurait, dans mon souvenir, le moment de plus grande proximité avec mon petit-fils. En grandissant, Jaume et ensuite son frère Lluís s'éloigneraient beaucoup de la grand-mère, même si on mangeait à la même table.

Je faisais comme si de rien n'était. J'étais peut-être devenue un rocher, ou alors je n'avais jamais su me rebeller. Et dire je ne suis pas encore morte, ici on ne dépense l'argent que pour ceci ou pour cela, ou d'autres mots encore… Je pressentais qu'il fallait que je continue d'être forte, mais je ne savais pas pour quelle raison.

Un soir où tout était enneigé dehors, il faisait très froid, Mateu était venu vers moi, doux comme avant, je ne le reconnaissais pas. Mère, on a regardé pour un poste de concierge à Barcelone. On nous donne un petit logement entre le rez-de-chaussée et l'entresol, en plus d'un salaire. Là-bas, on sera près des médecins et on n'aura plus à s'inquiéter pour les terres.

Si j'avais osé dire : laissez-moi rester ici, je veux mourir sur cette terre, ça n'aurait rien changé. Je me serais entendu répondre que j'étais une nigaude, qu'est-ce que j'aurais fait toute seule dans une grande maison. Inutile de préciser que c'était ma maison, que j'avais vécu là toute ma vie. Je m'étais tue, comme si tout cela me paraissait bien, comme si la nouvelle ne m'avait pas du tout surprise.

J'avais compris que je n'étais pas résignée, ce n'était pas vrai que je ne voulais pas vivre. Alors qu'on partait, pour moi vivre, c'était rester près de l'endroit où Jaume était enterré, d'après ce qu'on m'avait dit, de marcher à mon rythme, de faire les choses sans enthousiasme, de laisser parler, de maintenir ce qui nous avait tant coûté, à nous tous. Tant d'efforts, tant d'argent, tant de malheurs. On avait fermé la porte et on avait pris la route qui descendait beaucoup plus bas que La Noguera, deux fois plus loin et plus, tout en bas.

Il avait parlé d'une maison de sept étages et je me l'imaginais haute jusqu'au ciel.

Je ne voulais pas me séparer de mon fils, il n'en était pas question, mais je ne croyais pas aux promesses de retour quand tout irait mieux. Les paroles de la tante avant de mourir, dix ans plus tôt peut-être, me revenaient à la mémoire. Les filles étaient encore à la maison. Je ne sais plus de quoi on parlait, mais elle m'avait fait remarquer qu'on ne mourrait pas dans cette maison, la vie était trop dure dans ces villages et les jeunes qui y montaient encore ne voudraient pas la supporter. Je me souviens que, comme à mon habitude, je ne l'avais pas contredite, mais j'avais pensé que ces mots ne rimaient à rien. Je m'étais dit que c'était à cause de la vieillesse, elle lui faisait voir le monde autrement. Peu après, Elvira lui avait donné raison en abandonnant son droit d'aînesse ; sur le moment, je n'avais pas su le voir parce que je comptais sur les autres, ingénue que j'étais, qui me paraissaient très nombreux.

Une nuée de souvenirs emplissait le moindre recoin de chaque chambre. Il n'en resterait peu à peu que le voile blanchâtre, sans visage et sans mot. Lorsque ma mémoire verrait la brume se désagréger en fine pluie, une partie de ma famille serait morte. Les lits de fer et les pauvres images au-dessus, les murs irréguliers et la grande table en bois avec un banc de chaque côté n'attendraient plus personne qui viendrait y reposer sa carcasse. Ils se couvriraient de poussière et de toiles d'araignées jusqu'au jour où le premier orage ouvrirait la première lézarde. Une petite histoire resterait à la traîne, et si un jour quelqu'un s'en souvenait et la racontait, des yeux souriants la contempleraient sans réserve.

Comme le temps a passé, pauvre vieux, quelles histoires vous racontez là ?

BARCELONE EST UNE MAISON où les fenêtres ne donnent pas sur la rue. Elles regardent le vestibule de l'immeuble ou l'ascenseur de service.

Barcelone est chaque chose à son heure. Avant, c'est trop tôt, après, c'est trop tard. À sept heures et demie, ouvrir la porte, à huit heures allumer le chauffage l'hiver, à dix heures donner les clés à la femme de ménage du deuxième étage, troisième porte, à midi distribuer le courrier, à neuf heures ramasser les ordures et à dix heures du soir, refermer la porte…

Barcelone, c'est le ciel lointain et les étoiles tremblotantes. C'est un ciel humide et une pluie très grise.

Barcelone, c'est ne connaître personne. Seulement la famille. Et entendre souvent parler avec des mots bizarres. C'est oublier le bruit des animaux domestiques et voir passer des chiens en laisse, le soir.

Barcelone, c'est un pain, petit, terminé chaque jour, et le lait dans une bouteille, très blanc, sans crème, avec un petit goût de rien.

Barcelone, c'est un bruit sans paroles et un silence épais plein de souvenirs précis.

Et c'est ne jamais voir personne qui puisse me plaindre et voir les petits-enfants rentrer de l'école en traînant un tas de livres, et entendre un appareil qui parle et qui chante et un autre qui dit et qui regarde, mais moi je ne sais jamais s'ils me voient, moi.

Et c'est apprendre que je ne peux vraiment pas faire grand-chose. Parfois laver les assiettes à la fin du repas. Mais qui sait si je les laverais suffisamment bien. Et quand Barcelone est une histoire de là-haut, du village, il n'y a personne à qui la raconter, et ça gêne tout le monde que je veuille faire de la soirée de Barcelone un souvenir de la montagne lointaine.

Barcelone, c'est apprendre à se taire, encore et toujours plus. Jusqu'à ce qu'on me pose une question.

Barcelone la nuit, c'est une escapade sans fin. Elle commence par un long bruit d'ascenseur et elle galope par les sentes et les bois. Elle s'arrête n'importe où dans la région et elle écoute les cloches. Qui sonnent la fête, qui sonnent le rosaire… et je ne m'endors pas tant qu'elles n'ont pas sonné le glas, et mes rêves sont souvent de longues conversations que je ne peux pas avoir éveillée. Je me réveille même fréquemment avec le sourire, ou l'envie de rire à cause d'une chose qu'on était en train de dire.

Barcelone, c'est parfois quelqu'un de Pallarès descendu voir le médecin et qui transporte avec lui une vague odeur de fumier de vaches ou de foin, même s'il s'est correctement lavé. Peut-être traîne-t-il cette odeur quotidienne qui me remplit de joie sous ses ongles, ou dans un coin de la chevelure. Alors je demande des nouvelles de tout le monde, de chaque maisonnée encore au village et de tout ce qui me passe par la tête. En présence de quelqu'un de l'extérieur, ils ne me font pas taire. Selon ce que je dis, ils se moquent un peu de moi. C'est une façon d'exister, quand on sait avec certitude qu'on est devenu une vieille inutile.

Barcelone est une très bonne chose pour moi. C'est la dernière marche avant le cimetière.

Maria Barbal
(réécrit en 2015 à Barcelone)

La communauté Charleston a aimé !

Chez Charleston, nous sommes convaincus que loin d'être une aventure solitaire, la lecture est une invitation au partage. Nous échangeons constamment avec nos lecteurs et lectrices, et nous sommes fiers de la belle communauté d'amoureux des livres que nous formons tous ensemble. Chaque année, nous choisissons au sein de cette communauté vingt lectrices et lecteurs qui nous accompagnent tout au long de l'année et découvrent nos romans en avant-première. Voici leurs avis !

« J'ai été envoûtée par cette plume et par cette histoire. Conxa est un personnage inspirant, une femme que la vie n'épargne pas, mais qui affronte les épreuves la tête haute. »

@lalectricegourmande

« L'autrice exprime parfaitement l'environnement pesant et la pauvreté qui règne dans la Catalogne du XXe siècle et nous immerge totalement dans l'histoire. »

@mycosyreading

« La plume de l'autrice est singulière, à la fois poétique et pleine de pudeur. Maria Barbal traite avec beaucoup de douceur des sujets pourtant très durs. »

@emmalectures

« Un roman court, profond et mémorable, parce qu'on ressent toutes les émotions. J'ai terminé ce livre le cœur lourd, en ayant le sentiment de regarder en arrière avec Conxa, dans ses souvenirs. »

@monprochainlivre

« Un magnifique récit aussi bouleversant que profondément pudique. C'est porté par une plume magistrale que Maria Barbal nous dévoile un pan méconnu de l'histoire Catalane à travers les yeux de ses personnages féminins qui portent le monde à bout de bras. »

@the_pumpkin_library